JN223583

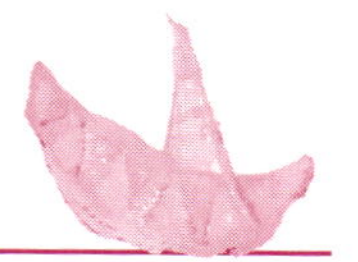

「抵抗」する女たち

フランス語圏カリブ海文学における「シスターフッド」

大野藍梨 ―――― 著
OHNO AIRI

松籟社

「抵抗」する女たち　【目次】

「抵抗」する女たち

「抵抗」する女たち

――フランス語圏カリブ海文学における「シスターフッド」――

序章
「強姦」に抗うために

はじめに　「私たちのような人たちは小説を書いたりしない」

二〇一八年のノーベル文学賞は、選考委員関係者の性的スキャンダルのために見送りとなり、代わりに二〇一八年限りの「ニュー・アカデミー文学賞」が設置された。日本では、スキャンダルと、村上春樹のニュー・アカデミー文学賞ノミネート、しかし村上は辞退といった出来事が比較的大きく報道されたのに対し、この賞を手にしたグアドループ出身の黒人女性作家、マリーズ・コンデに関しては目立った報道がなかった。

受賞式で、コンデは次のように回想している。

私が一〇歳か一二歳の時に、母の女友だちから誕生日プレゼントに一冊の本を贈ってもらいました。エミリー・ブロンテという作家の『嵐が丘』という本です。私の暮らしていたグアドループでは、誰もその話を聞いたことのある者はいませんでした。しかし、何ページか読んだだけで気づいたのですが、それは私のために書かれたようだったのです。［……］翌日私は、プレゼントのお礼を言い、心のなかで起こった影響について述べるのに、母の友だちのところへ駆けつけました。馬鹿正直に私は付け加えました。「いつか私も作家になる」と。彼女は少し悲しそうな目で私を見つめて言いました。「気でも狂ったのかい？　私たちのような人たちは小説を書いたりしないんだよ。」この賞をいただいたおかげで、彼女が間違っていたのだといま実感しています。[1]

本をくれた母親の友だちが言った「私たちのような人」とは、「黒人（の女）」を指す。母の女友だちから、女性作家エミリー・ブロンテによる、女主人公が描かれた『嵐が丘』を贈られた彼女は、後にこの本のオマージュ作品を書くことになる。少女マリーズにとって、『嵐が丘』との出会いは、後の作家人生の出発点となった。と同時に、その時に交わされた「私たちのような人」をめぐる会話は、彼女の生涯を通じて重い意味を持ち続けたに違いない。八〇歳を超えた彼女が、車椅子で臨んだ受賞スピーチで、あえてこのエピソードを持ち出しているのだから。

「黒人」として書くとは、「黒人の女」として声を発するとは、どのような重みをもつ営みなのか。本書では、コンデの作品だけでなく、カリブ海地域で紡がれた文学作品の女性登場人物の声をたどっていきながら、この問題を考えていくことになるだろう。

各章ごとの作品分析に入る前に、この序章では、本書での議論の前提となるいくつかの事項を確認しておこう。具体的にはそれは、カリブ海地域が置かれた歴史的背景の概観であり、「クレオール」という語のはらむ意味とそこに刻印された暴力性の確認であり、そしてとりわけ、女性に加えられる暴力としての「強姦」と、それに対する「抵抗」についての定義である。

---

［1］https://la1ere.francetvinfo.fr/guadeloupeenne-maryse-conde-recu-prix-nobel-alternatif-litterature-660117.html?fbclid=IwAR0hs49tIWJHnYSonbBex9FouHRg0tRdmcq0tVqNuifUvymcNsWjXFIWz8c　「グアドループ人女性、マリーズ・コンデがノーベル文学『代替』賞受賞」二〇一九年二月九日検索。ニュー・アカデミー文学賞公式サイトでは、マリーズ・コンデがフランス語で行ったスピーチは英語訳版で掲載されており（https://www.dennyaakademien.com/kopia-pa-prize-ceremony）、本引用はフランス語からの翻訳である。以降、引用部の翻訳は、指示なき場合、筆者による。

1. 奴隷制廃止一五〇周年と日本における「クレオール」熱

今から遡ること約二〇年。一九九八年はフランス史にとって重要な年であった。一八四八年の奴隷制廃止一五〇周年にあたる年だったのである。

コロンブスによる「新大陸」「発見」以降、ヨーロッパはアメリカスへ進出し、植民地化をはかった。フランスはこの動きにやや出遅れたものの、一六三五年以降カリブ海地域を植民地化し、その過程で先住民族のジェノサイドを行った。その結果不足した労働力を確保するために、西アフリカから黒人を奴隷として強制連行する奴隷貿易を行い、黒人奴隷制を布いた。一九世紀になってようやく奴隷制廃止の機運が高まり、フランス領では一八四八年に奴隷制が廃止された。

一九九八年、フランス各地で奴隷制廃止一五〇周年の祝賀行事が行われたが、本土フランスと旧植民地で奴隷制を経験した海外県の間には、明らかな温度差があった。フランス本土では、奴隷制の記憶が薄れつつあるなか、奴隷制廃止が祝われるといういびつな形で、奴隷制廃止を行った「共和国」礼賛へとすり替わってしまっていた[2]。

カリブ海のマルチニックやグアドループといった海外県においても、奴隷制廃止に関する祝賀行事は行われた。しかし、フランス政府「お仕着せ」の祝賀行事に対して、反対の声は強く上げられた。ある作家はボイコットを呼びかけもしている。

ところで、一八四八年に奴隷制が廃止される以前に、実は一七九四年に一度奴隷制は廃止されている。しかし、一七九九年にクーデターを経て、統領政府を樹立したナポレオンは、すぐにこれを翻し、奴隷制復活を策して一八〇二年に植民地に軍隊を派遣している。ナポレオンの権力基盤が奴隷制や奴隷貿易に依拠する人びとであったからである。このとき、グアドループでフランス軍と戦った勇敢な女性、混血女性ソリチュードがいる。しかし彼女は身重のままとらえられ、出産の翌日、処刑される。そして、一八〇二年五月、奴隷制は復活した。

ソリチュードの存在は長らく忘れられていたが、本書第二章でも触れるように、アンドレ・シュヴァルツ＝バルトの小説を機に、グアドループでは集団的記憶として再生される。そして奴隷制廃止一五〇周年記念として、混血女性ソリチュードの銅像が建てられたのだった。[3] また、一九九八年は、

［2］菊池恵介「植民地支配の歴史の再審――フランスの『過去の克服』の現在」『歴史と責任――「慰安婦」問題と一九九〇年代』金富子・中野敏男編、青弓社、二〇〇八年、二二四―二二九頁。平野千果子『フランス植民地主義の歴史――奴隷制廃止から植民地帝国の崩壊まで』人文書院、二〇〇二年、一一―一六頁。

［3］Janine Klungel, "Rape and Remembrance in Guadeloupe," in *Remembering Violence: Anthropological Perspectives on Intergenerational Transmission,* Nicolas Argenti and Katharina Scharamm (eds.) New York, Berghahn Books, 2010, p. 48.

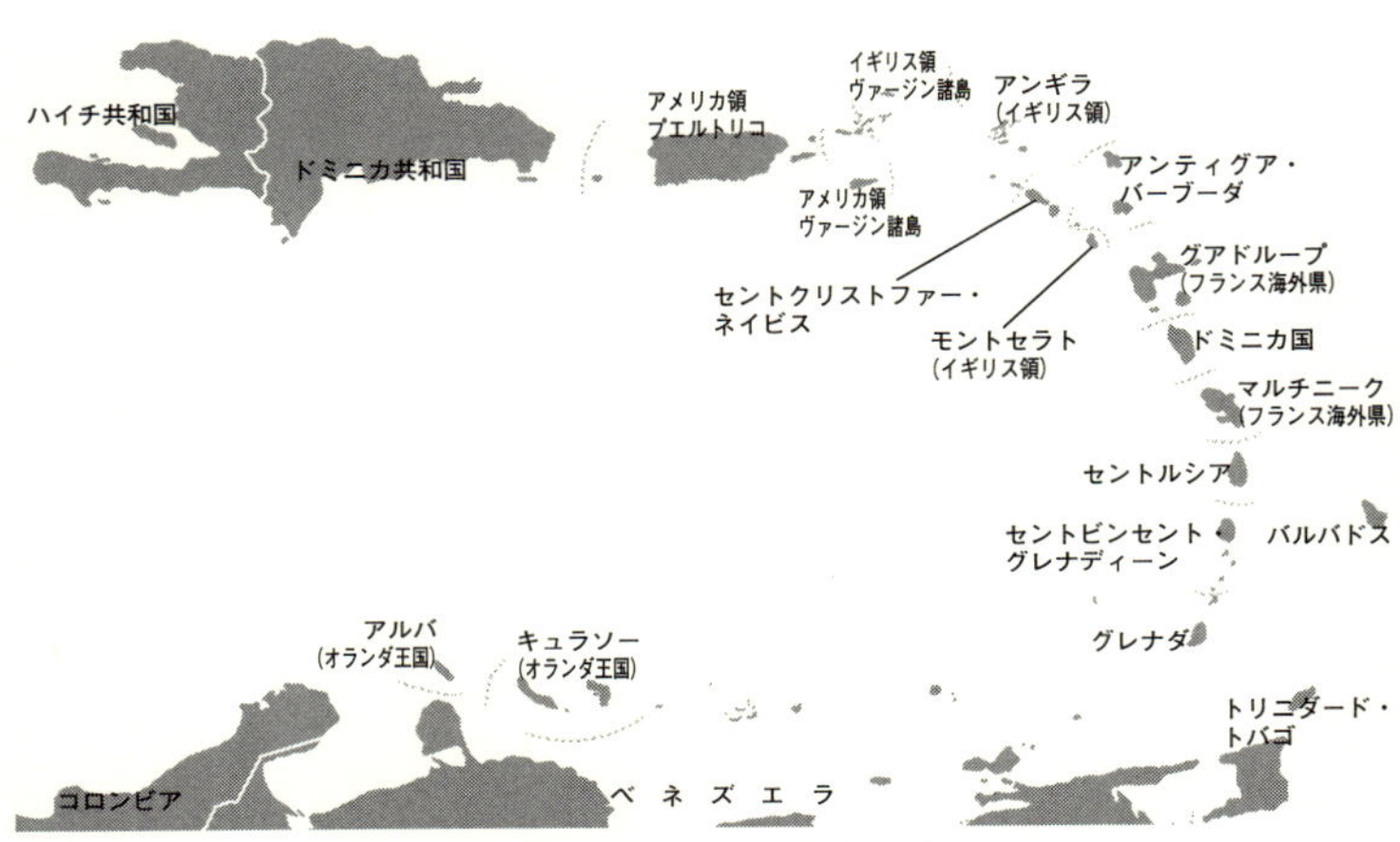

カリブ海・アンティル諸島　地図

かつて奴隷制が布かれた海外県（仏領ギュイアンヌ）出身の政治家クリスティアーヌ・トビラによって、奴隷貿易と奴隷制を「人道に対する罪」として認める法案が起草された年でもある。

フランス本土における奴隷制の記憶は、「共和国」の偉業として、一八四八年で終止符を打たれているのに対し、奴隷制の過去をもつ海外県では、その記憶を忘れまいとする。このように、奴隷制廃止をめぐる両者の認識は平行線をたどっている。

*

同時代の日本では、ワールド・ミュージックの到来も併せて、カリブ海について紹介した書籍や、カリブ海文学が相次いで翻訳され、この地域の文化・文学の研究が花開いた。これらの研究を読み解くキーワードが、「クレオール」という言葉だった。そしてこの

「クレオール」という言葉は、いくつかの意味の変遷をたどっている。その変遷自体に、カリブ海における暴力の歴史が関係していることに留意しておかなければならない。
「クレオール」という語に刻印された暴力を説明するために、西谷修による解説を要約しておきたい。一四九二年、コロンブスによる「新大陸」「発見」以降、ヨーロッパから白人が入植を開始した。これらの入植は、先住民族のジェノサイドとともに進行した。はじめは、ヨーロッパ生まれの白人と区別して、植民地生まれの白人を「クレオール」と呼んでいた。植民地でのサトウキビの生産は、巨万の富を生みだしたが、年期奉公人と呼ばれる、ヨーロッパからの白人労働者では不足し、黒人奴隷制が布かれたのであった。アフリカから奴隷として連れてきた黒人たちも、やがて植民地で子をなす。今度は、アフリカ生まれの黒人と区別して、植民地生まれの黒人を「クレオール」と呼ぶようになった。また、サトウキビ農園での労働の際に必要な、白人と黒人の間の意思疎通のために生まれた言葉も「クレオール」と呼ばれた。ついには、植民地に生成するあらゆるもの――「人も、言語も、物も、文化も」――「クレオール」と呼ばれるようになったのである。[4]
この語は、その意味内容を少しずつ変えながらも、基本的には宗主国本土の植民者の側から、植民

［4］西谷修「この本を読むために――訳者まえがき」『クレオールとは何か』パトリック・シャモワゾー、ラファエル・コンフィアン、西谷修訳、平凡社、一九九五年、六―一五頁。

地の被植民者の側を、まなざす言葉として使われていた。だがそれを転倒させる試みがなされる。

　グアドループの近隣にある、フランス海外県のマルチニック出身で、言語学者であるジャン・ベルナベ、作家パトリック・シャモワゾーとラファエル・コンフィアンは、「ヨーロッパ人でもなく、アフリカ人でもなく、アジア人でもなく、我々はクレオール人であると宣言する」という声明に始まる『クレオール礼賛』*Éloge de la Créolité*（一九八九年）を発表し、人種的・文化的ハイブリッドを、アイデンティティの形成へと転換させる大胆な試みを行った。ベルナベは、音声言語であったクレオール語の書記法も確立した。また、シャモワゾーとコンフィアンによる『クレオールとは何か（原題の直訳は『クレオール文学』）』*Lettres Créoles*（一九九一年）は、カリブ海文学史をたどりながら、奴隷制の歴史や、クレオール文学が持つその言語的・文化的豊饒さについて紹介している。

　ところで、カリブ海が経験した歴史的・人種的・文化的・言語的な混交を全面的に引き受けようとするクレオール主義は、フランス語圏カリブ海地域に突如として現れた思想ではない。そこには、クレオール主義の「前史」ないしは「先駆者」が存在する。

　その一人がエメ・セゼールである。セゼールは、詩人であるとともに、マルチニックの主都フォール＝ド＝フランス市長、そしてマルチニック選出国会議員として長らく務めた。政治家としてセゼールは、一八四八年の奴隷制廃止以降もなおフランスの植民地状態にあった仏領カリブ海地域を、「海外県」として、フランス本土との格差のない場所として扱い、平等な権利を約束するように求める運動を展開する。その結果、一九四六年には、マルチニック、グアドループ、仏領ギュイアンヌ、レユニオンはいずれも「海外県化」されることになる。

詩人・思想家としてのセゼールは、自らが黒人であることを認め、奴隷貿易によって無理やり切り離されたアフリカ（源泉）への回帰を行うことでアイデンティティの回復がなしうるとする「ネグリチュード（黒人性）」という思想を生み出す。セゼールは、シュルレアリストの巨匠アンドレ・ブルトンに評価され、J＝P・サルトルの「黒いオルフェ」《Orphée noir》（一九四八年）でも『帰郷ノート』*Cahier d'un retour au pays natal*（一九三九年）をはじめとする著作が、第三世界解放の文脈で肯定されている。ただ、同じく「ネグリチュード」を提唱したレオポール・サンゴールとは異なり、セゼールは安直な人種的・文化的混血論を排していたが、サルトルによるセゼールの理解「黒人の魂は一つのアフリカだ」[5]に象徴されるように、なぜか彼の故郷、カリブ海のマルチニックを素通りしてしまうのである。さきに述べた仏領カリブ海地域の「海外県化」についても、それがフランスへの「同化」を推進したのだという非難があるように、セゼールの思想・行動は評価されつつも、同時に課題をも示すものであった。

クレオール主義に先立つ存在として、もうひとり、エドゥアール・グリッサンがいる。じつはグリ

[5] J-P．サルトル「黒いオルフェ」『植民地の問題』鈴木道彦・海老坂武訳、人文書院、二〇〇〇年、一五一頁。

ッサンは、セゼールが政治家になる前、高校教師をしていたときの教え子の一人であった。セゼールのアフリカ回帰に不満を感じるとともに、「海外県化」に見られる「同化」志向に反対したグリッサンは、新たな思想を生み出す。彼は、アフリカに行かずとも、カリブ地域には、同じく奴隷制を経験した人びとがいることに注目する。このようなカリブ海地域の共通点から紐帯を結ぶときの展望こそ「アンティル性」という思想だったのである。[6]

黒人としてのアイデンティティを肯定したセゼールの「ネグリチュード」、カリブ海地域の奴隷制の記憶に立脚したグリッサンの「アンティル性」。これらの思想を経て、クレオール主義が生まれたのである。その宣言書たる『クレオール礼賛』、また『クレオールとは何か』は大きな知的熱狂を引き起こした。それは遠く離れた日本にも飛び火することになる。

一九九〇年代の日本において、「クレオール」がどのように紹介されたのかを見ておこう。今福龍太は『クレオール主義』（一九九一年）のなかで、人類学視点から、人びとのなかにみられるクレオール化の影響を観察している。同時に、クレオール言語生成過程を説明したのち、クレオール化の力は、「土着文化と母語の正統性を根拠として作りあげられてきたすべての制度や知識や論理を、まったく新しい非制度的なロジックによって無化し、人間を人間の内側から更新し、革新するヴィジョンをうみだす戦略となる可能性を秘めているといえる」[7]と評価している。

また、砂野幸稔によって訳された、セゼールの『帰郷ノート／植民地主義論』*Cahier d'un retour au pays natal*（一九三九年）/ *Discours sur le colonialisme*（一九五五年）には、訳者による「エメ・セゼール小論」（一九九七年）という解説論文が付され、セゼールの人物像や、マルチニックのあるカリブ海世界の歴史的背景から現状まで知ることができる。

雑誌『現代思想』一九九七年一月号では、「クレオール」特集が組まれている。クレオール主義の先駆者であるセゼールやグリッサンのテクストも組み込まれ、概ねクレオール主義に同調するようなテクストが多い。

恒川邦夫の「《ネグリチュード》と《クレオール性》をめぐる私的覚え書き」は、クレオール論者たちの複数言語主義に注目する。多様な言語の出会いが豊饒性を生み出し、ダイグロシアという優劣のある言語状況を攪乱させる可能性を見出している。クレオール論者たちが、島の日常語であるクレオール語の復権を目指したのは、「勢いを倍加させてアンティル黒人をフランスに同化させ、一種の二級国民の地位に甘んじさせようとする時代の流れに対抗する手段としてである」と恒川は言う。[8] さ

［6］中村隆之『フランス語圏カリブ海文学小史――ネグリチュードからクレオール性まで』風響社、二〇一一年、四六頁。
［7］今福龍太『クレオール主義』ちくま学芸文庫、二〇〇三年、二一九頁。
［8］恒川邦夫「《ネグリチュード》と《クレオール性》をめぐる私的覚え書き」『現代思想　特集クレオール』青土社、一九九七年一月号、一二七頁。

らに、クレオール語で書くことは、ダイグロシア状況の中で、結局はフランス語で書くことを選んだネグリチュードの理論化されたイデオロギーを克服するという挑戦の一つである、と述べられている。

立花英裕は、「エドゥアール・グリッサンにおける不透明性の概念」において、『クレオールとは何か』という書が、「クレオール文学が自己の対象を発見するに至るまでの長い過程を記述したもの[9]」であり、その終着点の一つが、「グリッサンの発見」であったと記している。グリッサンは、強制移送された黒人たちが、混血を強いられるなかで、「リゾーム」状のネットワークを持つに至るという、複合的な現象に注目した。他方、クレオール文学の成立は、「西欧近代の支配下に置かれていた者が自己をとり戻す過程でもある[10]」という。さらに、立花によれば、その過程は、「単に権力構造から解放されるということだけではなく、白人の視線の中で像を結んでいる自己をほぐして、主体を取り戻す言語的な企図[11]」であるというのだ。つまり、クレオールの文学においては、主体の回復に重きが置かれている。

この『現代思想』「クレオール」特集号で異彩を放っているのが、グアドループ出身のアマ・マザマである。彼女は、「『クレオール性を讃える』批判――アフリカ中心主義の観点から」において、まずクレオール論者たちに対し、西欧の思想とは敵対的存在であるはずの人間が、西欧の行為や思考の様式を内面化し、このヘゲモニーを克服することなく劣等感の再生に加担していることを批判する。また、「海外県化」後も、フランスの植民地的状況は続いているのに、「政治的現実と社会的関係の人種主義化の事実を否定して」[12]クレオール主義で人びとを結び付けるという発想自体が楽観的だとマザマは考えている。しかも、このような状況は、カリブ海に特有ではないとマザマはいう。

私たちが生きている世界は、単一文化への道を歩んでいる世界、「進歩」と「発展」の名において多様性を、すなわち生命を窒息させられている、文字通り病んだ世界なのである（Alvares, 1992）。**この文脈で言えば、心的、文化的ジェノサイドに対して有効な抵抗を組織するための重心という問題が、カリブ地域に特有のものではなく、地球レベルで提起されている問題であることは確かである**。[13]

---

［9］立花英裕「エドゥアール・グリッサンにおける不透明性の概念」前掲『現代思想　特集クレオール』一一四頁。

［10］立花、前掲、一一八頁。

［11］立花、前掲、一一八頁、傍点強調は筆者による。

［12］アマ・マザマ「『クレオール性を讃える』批判――アフリカ中心主義の観点から」星埜守之訳、前掲『現代思想　特集クレオール』、一三七頁。

［13］マザマ、前掲、一三八頁、傍点強調は筆者による。

実際、「クレオール」という語は、もはやカリブ海の専売特許ではなくなった。例えば、台湾文学研究者の藤井省三は、「台湾文化のクレオール性――オランダ統治から『村上春樹現象』まで」と題した論文で、台湾における複数文化のありようを説明するのに、「クレオール」という語を使用している。[14]

また一九九八年、複数文化研究会によって刊行された『〈複数文化〉のために――ポストコロニアリズムとクレオール性の現在』では、ポストコロニアリズムの視点から、海を越えて文化をまたぎ文化の複数性を見出すための一助として「クレオール」という概念が使用されている。

人種や言語、文化のハイブリッドをアイデンティティ形成への原動力へと変えていく概念としての「クレオール」。その適用範囲を広げられつつ、同時に、数々の批判も受けてきている。次節では「クレオール」がはらんでいる問題について、とくにジェンダー的視点からの批判を確認しておこう。

2.「クレオール」の問題

一九九〇年代から日本でも紹介され始めた「クレオール」という語や概念は、上述したように、肯定的な意味で使用されることが多かった。「クレオール」という語の持つ暴力の歴史について、識者たちは当然認識していたが、それでも人種的・文化的ハイブリッドや「複数文化」のなかから、新しいアイデンティティの創造を模索していたように思う。しかし、「クレオール」についてまったく批判がなかったわけではなく、先に紹介したマザマによるクレオール批判はその一例である。以下では、そうしたすべての批判を挙げることはできないが、本書と深く関係のある、ジェンダー的視点からの批判について紹介したい。

そもそも、ネグリチュードからアンティル性、クレオール性という思想や文学運動を牽引したのは、マルチニックの男性作家であると考えられてきた。しかし、本当にそうだったのだろうか。女性作家の存在、また彼女らの果たした役割が、不当に見過ごされてはいないだろうか。その端的な例が、セゼールの妻シュザンヌ・セゼールであろう。

「ネグリチュード」を提唱したエメ・セゼールには、シュザンヌという妻がおり、彼は妻や友人とともに、ヴィシー政権下でも雑誌『トロピック』*Tropiques* を刊行していた。シュザンヌもまた優れた詩を発表していたが、著名な夫エメのためか、長らく彼女の存在と作品については無視され続けて

［14］藤井省三「台湾文化のクレオール性——オランダ統治から『村上春樹現象』まで」『講座台湾文学』山口守編、国書刊行会、二〇〇三年、一〇-三九頁。また、前出の『現代思想 特集クレオール』のなかでも、台湾をテーマとする二編の論文が掲載されている。林正寛「言語接触と多言語島『台湾』」一四六-一五七頁。小倉虫太郎「台湾、クレオールの身体」一五八-一六九頁。

きた。近年、ようやくその存在が忘却から救い出され、再評価されている。

また、女性の不在を端的に示すと思われるのが、グリッサンらによる「高度必需品宣言」*Manifeste pour les produits de haute nécessité*（二〇〇九年）である。

二〇〇九年からカリブ海の海外県でゼネストが起こったが、それを単なる物価のコントロールといった要求として終わらせるのではなく、何かより高次なものへと昇華させることを目指して「カリブ海知識人」によって「格調高い」文章が発表された。それが「高度必需品宣言」である。[15] もちろん、この宣言の意義は大きい。ただここでは、あえてその署名者に注目したい。グリッサンを筆頭に、全員で九名によって署名されているが、そのなかに誰一人として女性と思われる名前がないのだ。この女性の不在が意味するものは重い。

ここで、冒頭で紹介したマリーズ・コンデに立ち戻ろう。日本で二〇〇一年に編纂・発表された講演集『越境するクレオール』で、コンデは従来の「クレオール」概念をはみ出す作家として紹介されている。黒人中産階級に生まれ、両親からクレオール語の使用を禁じられていた彼女は、「クレオール」に懐疑的な作家であるともいうのである。じつは、先に挙げたシュザンヌ・セゼールを忘却から救い出したのはこのコンデだった。男性の存在感が圧倒的な「クレオール」の枠に、たしかに彼女は容易におさまらない。また彼女こそ、フランス政府「お仕着せ」の奴隷制廃止祝賀行事のボイコットを呼びかけた当の人物でもあった。[16]

『越境するクレオール』に先立ち、マリーズ・コンデはマドレーヌ・コトネ＝アージュとの共編により、『クレオール性を考える』*Penser la Créolité*（一九九五年）を出版している。合衆国のメリーランド大学で二年前に開催されたシンポジウム——「流行」しつつあった「クレオール」を批判的に再考するプロジェクト——を元にした論文集である。寄稿者の一人ジェームズ・アーノルドは、「クレオール性をジェンダー化する」という論文のなかで、マルチニックの男性作家たちを、「異性愛中心主義」「男性中心主義」だとして断罪している。アーノルドによれば、クレオールの論者たちは「男らしくあるだけでなく、男性優位論者である」[17]という。それだけでなく、女性によって書かれた文学は目立たないところに締め出されているというのだ。シュザンヌ・セゼールが長らく顧みられなかったことをここで思い出しておきたい。


［15］砂野幸稔「『高度必需』と『民族（ナシオン）』」『思想』岩波書店、二〇一〇年九月号、四頁。エドゥアール・グリッサン、パトリック・シャモワゾー他「高度必需品宣言」中村隆之訳前掲『思想』、八–一六頁。

［16］三浦信孝「『越境するクレオール』への招待——マリーズ・コンデと出会うために」『越境するクレオール——マリーズ・コンデ講演集』マリーズ・コンデ、三浦信孝編訳、岩波書店、二〇〇一年、三–一二頁。

［17］James Arnold, "The Gendering of créolité: The erotics of colonialism," in *Penser la Créolité*, Maryse Condé and Madeleine Cottenet-Hage (eds.), Paris, Éditions Karthala, 1995, p. 21.

アーノルドは、クレオール主義に先立つ存在として、マルチニック出身の精神科医・作家のフランツ・ファノンを取り上げ、その作品『黒い皮膚・白い仮面』*Peau noire, masques blancs*（一九五二年）にみられる「異性愛中心主義」と「男性中心主義」を批判している。本書第四章で詳述するが、ファノンは、マヨット・カペシアの私小説として長く読まれてきた『わたしはマルチニック女』*Je suis martiniquaise*（一九四八年）における混血の女主人公を執拗に糾弾する。女主人公が白人男性と恋愛関係になること、それにより子孫の血統を白くし、社会的上昇を目指す「乳白化」を、ファノンは問題視していた。さらに、「ファノンの手段は、容赦なく（しかし分からないように）フェミニストの視線を、男性優位論者たちへの視点へと変えること」[18]だという。同時にアーノルドは、ファノンが同性愛的欲望を認めず、そのホモ・フォビアはあまりにひどいとしている。

では、ジェンダー的視点にもとづいたアーノルドによる、本丸「クレオール」論者たちへの批判はどのようなものであったのだろうか。彼らは、生殖能力のある「種馬」のような黒人奴隷男性の祖先を力強くデフォルメして描く一方、創作においては、女性たちが、口承文芸の歴史にいかなる文化的伝達も行わない存在として描かれていることをアーノルドは指摘している。[19] もとよりアーノルドは、シャモワゾーとコンフィアンが、プランテーションの文化システムに注目したことについては肯定的に評価している。

彼らの『クレオールとは何か』をみてみよう。

白人の主人は自分の所有する黒人奴隷を思いのままに扱えるというだけでなく、奴隷の頭数を殖やすために「種馬用」黒人を「飼う」ことさえ躊躇しなかった。**ここアメリカ・カリブ地域では、強姦がはじめから性的関係のモデルだったのだ**。恋愛などたいていの場合は姦淫罪扱いされる。（中略）ニグロを動物同然の状態に貶めた白人は、かれらに滅法な性的能力があるという神話を作ったが、それはこの地域での両人種の関係をはじめから損なうという結果を招くことになった。白人女性を黒いファルス（白人の男はそのイメージが自分の妻の心に取りついていると妄想している）から守ろうと躍起になる一方で、かれらはできるだけ多くの黒人女性を使用‐濫用しようと精を出す。[20]

この部分を読めば、シャモワゾーとコンフィアンが、奴隷の男女に向けられた性暴力を問題視していることがわかる。しかし、同じ書の中で、白人「クレオール」の国会議員であるデュヴィヴィエ・ド・ラ・マオティエールがクレオール語で書いた詩『リゼットは野を去った』《Lisette quitté la plaine》（一七五四年または一七五七年）を紹介しながら、シャモワゾーとコンフィアンは、以下のように記すの

［18］ *Ibid.*, p. 23.
［19］ *Ibid.*, p. 30.
［20］ パトリック・シャモワゾー、ラファエル・コンフィアン『クレオールとは何か』西谷修訳、平凡社、一九九五年、一三六‐一三七頁、傍点強調は筆者による。

である。

黒人女はたいていの場合、白人主人の性的な恣意に力ずくで従わされたり、ほとんど見ず知らずの種馬奴隷と交接させられていた。家族の観念は通用しなかった。(中略)だから、デュヴィヴィエは自分自身の恋の痛手を脚色した、というのがほんとうのところだろう。それも大方きっと、サン・ドマングの裕福な白人クレオールの妾になっていた、数ある蓮っ葉なムラート女のだれかに熱をあげて恋の痛手を受けたのだろう。養ってくれるならだれにでも身を任せたこの伊達女たちは、しばしばパトロンを替え、男たちの胸にたっぷりと嘆きの種を蒔いていた。(中略)かれがクレオール語を使ったのは、おそらくそのあざとい女に、劣等種族に属しているということを思い出させるためなのだ。[21]

最初の引用と次の引用における認識には、大きなズレが感じられる。なぜなら、先の引用からは、男女の奴隷に対する性暴力、性的搾取に対し、明らかな問題意識を感じ取ることができる。しかし、二つ目の引用は、文学作品における女性について語っているという留保がつけられるにしても、生存のために男性と交際する女性を放埒だと責めているのではないか。ここには「男性中心主義」が垣間見えないだろうか。[22]

一方、前述した『〈複数文化〉のために』に収録された石塚道子によるクレオール批判は、さらに問題の核心をついている。石塚も「クレオール」言説の中で、プランテーションが、奴隷主と奴隷双方にとっての生活や「混淆の場」であったと認めている。だがそこに、白人男性による性権力の行使があったのだと石塚は述べる。

アビタシオン［＝仏領での「プランテーション」の呼称］をクレオール言語・文化の生成空間と認めることは、支配者である白人男性奴隷主側の文化的貢献を認め、混淆を肯定することである。ところで人間の混淆には生物学的に捉えられる混血現象が含まれる。アビタシオンの支配者である奴隷主は奴隷に対して性的自己決定権を認めるほど寛容であったわけではないし、むしろ彼らは女性奴隷を暴力的に性支配した。奴隷制社会での混血の多くは白人男性の性権力の行使の結果として生まれ

［21］シャモワゾー、コンフィアン、前掲書、一〇九頁。
［22］アーノルドは「異性愛中心主義」「男性中心主義」という問題を抱える「クレオール」を乗り越える存在として、グアドループの黒人女性作家であるマリーズ・コンデやシモーヌ・シュヴァルツ＝バルトの女主人公たちに大きな役割を期待している。「女主人公たちは、男たちとの気持ちの良い性的関係は楽しむものの、彼女たちの生活は、同じ男性や別の男たちとともに、このような同じ営みを続けることに依存するものではない」(*Ibid.*, p.37.)

た。このような混血現象下では男性奴隷は再生産力を否定された、〝去勢〟された存在としての役割を割り振られる。クレオールとしてアビタシオンでの混淆を受容することはこの重層的ジェンダー序列をも受容することを意味するのである。[23]

石塚による「クレオール」批判は極めて示唆的だ。クレオール主義が称揚する人種的・言語的・文化的ハイブリッドは、奴隷身分の女性たちに対する性暴力の結果生まれたことを無視してはならない。その性暴力をいま、「強姦」という一語で表すとしたら、この「強姦」こそ、カリブ海世界やその文学を理解する鍵になるだろう。「強姦」は当然ながら労働力の再生産にもつながる。

西成彦は、性暴力と雑種化に伴う「あとくされ」について以下のように記している。

> 〔宮沢賢治の童話集では〕もちろん童話であるという規制もはたらいて、出来事としてのレイプや雑種化はそこから排除されている。しかし、あとくされ――要するにトラウマ――を住民たちが相互に背負いながら生きていかねばならない事情が、ひとつひとつ描かれている。植民地主義的なレイプは、「雑種」という第三項を産み出して終わるのではない。そのあとくされを双方に刻み込んでいく悪夢のような出来事そのものなのである。[24]

本書では、「強姦」とその「あとくされ」を負わされた人びとに焦点を当てたいと思う。彼女たちは、性暴力の被害者であったが、それでも生き延びなければならなかったし、生き残りをかけて性暴力や奴隷制に「抵抗」する主体でありえたはずだ。そこで、フランス語圏カリブ海地域（特にグアドループ）の作家たちの小説のなかで、「強姦」とその「抵抗」がどのように描かれているのかを読み解いていきたいと思う。

ここで、なぜ小説に依拠するのか、という声もあろう。なぜ歴史的史料や歴史書に依拠した議論ではないのか、と。それに対しては、これらの地域の女性たちが、歴史の主人公たりえなかったことを指摘しておきたい。女性たちに焦点化した「共通の抑圧」を描いた歴史書もあるが、彼女たちはいつも「書かれる」客体であった。そのように信じられていた女性たちが書いたもののなかで、たとえフィクションでもよいから一人ひとりの女性の声を聴き、女性の生に肉薄した研究を行うために、本書では文学研究というアプローチを行う。

ところで、本書で使用する「強姦」や「抵抗」という語に関しては、あらかじめ吟味しておかなければならないだろう。少しだけ迂回して、前提となる議論を紹介したい。

［23］石塚道子「クレオールとジェンダー」『〈複数文化〉のために――ポストコロニアリズムとクレオール性の現在』複数文化研究会編、人文書院、一九九八年、一八二―一八三頁。
［24］西成彦「東北――あとくされの土地として」『思想読本4：ポストコロニアリズム』姜尚中編、作品社、二〇〇一年、一二九頁。

3.「強姦」という影

英語の「レイプ」rapeあるいはフランス語の「ヴィオル」violという語には、単に性暴力という狭義の意味だけでなく、土地への侵入や略奪など、「自分の土地によそ者が入りこんできて、ひどい目に遭わされる」という広義の意味がある。本書は、テクストに書かれた性暴力に注意しつつ、それ以外の「女性の身にふりかかった」暴力についても、「強姦」という語を、この語に含まれるニュアンスを最大限に適用しつつ、用いていきたい。そのことにより、その暴力性がより浮き彫りになると考えたからである。このような「強姦」にかんする認識は、前述のアーノルドの指摘——結局のところ、「植民地化とは、植民者による被植民者の女性化[25]」である——を踏まえたものだ。また、物理的な暴力だけでなく、「強姦」に伴う恥辱までも視野に入れたいと思う。

その際にはまず、「性暴力」という意味で「レイプ（強姦）」という語を使用した、スーザン・ブラウンミラーの『レイプ——踏みにじられた意思』*Against Our Will, Men, Women, and Rape*（一九七五年）に言及しておかなければならない。本書で扱う小説群の女性登場人物は、だれもがそういった狭義の「性暴力」の危険に脅かされているからだ。身体的特徴により、オスはメスをレイプしやすく、メスはその被害に遭いやすいというのは、自明のように思われる。そしてそのとき重要なのは、レイプは男性の征服欲と直接的に結び付くということだ。

こうして強姦が成功すると、それは男の特権となったばかりか、男が女を支配する際の基本的な武器となり、男にとっては征服欲の、女にとっては恐怖の媒介手段となった。肉体的抵抗にもかかわらず女性の体に無理やり侵入することは、男にとって女を征服した誇るべきあかしとなり、自らの力の優越を示す試金石、男性性の勝利の凱歌となったのだ。[26]

さらに厄介なことに、ブラウンミラーによれば、女たちは「強姦」や性暴力から守ってもらうために、特定の男に保護してもらうことさえしたというのだ。彼女は続ける。

ある男に守ってもらうことで他の男たちからの暴行を回避するという構図は、女たちに多大な代償を強いた。自分が生まれながらに防衛能力を欠いているという認識は女たちを失望と幻滅に陥れ、結果として女同士のきわめて現実的な疎外を招いた。このことは今日にいたるまで、女性の社会的活動にまつわる問題となっている。[27]

---

[25] Arnold, *op.cit.*, p.25.
[26] S・ブラウンミラー『レイプ・踏みにじられた意思』幾島幸子訳、勁草書房、二〇〇〇年、六頁。
[27] ブラウンミラー、前掲書、八頁、傍点は原文、傍線部強調は筆者による。

なんたる屈辱だろうか。女たちは、他の男たちによる「強姦」から守ってもらうために、男に頼らなければならないのだろうか。女たちは、このような「呪われた」運命から逃れることができないのだろうか。必ずしもそうではない、ということを本書の分析を通じて示していきたいと思う。

さて前述したように、カリブ海世界において「強姦」は極めて重要なテーマであるにもかかわらず、あまり主題化されてこなかった。管見のかぎり、カリブ海文学における「強姦」に特化したモノグラフはない。しかし、本書の各論でも再三言及することになるだろう大辻都の『ティチューバ』論とクランゲルによるグアドループにおける「強姦」の記憶に関する研究はきわめて重要である。

大辻都は、マリーズ・コンデの『わたしはティチューバ』*Moi, Tituba sorcière... Noire de Salem*（一九八六年）を補助線にしながら、ヨーロッパ人が主体となって抑圧してきた魔女裁判と奴隷制についての記憶をリンクさせた。コンデの『わたしはティチューバ』は、実在し、魔女裁判にかけられたティチューバを主人公にしているものの、彼女の伝記的事実については、実はほとんど分かっていない。したがって女主人公にしていたの出自についてなどの設定は作者コンデの創作の部分が大きい。さてティチューバは、奴隷線上で白人水夫による母の「強姦」の結果生まれた。大辻によれば、「強姦」というスティグマを負った女主人公の設定は、「ヒロインに奴隷制の記憶を刻印する作者の意図の表れである[28]」ということだが、大辻はさらに続ける。

さらに背後にある構図——植民地主義のもとに行われた被植民地に対するレイプという暗喩——ま

で含めて考えてみれば、混血娘ティチューバとは、植民地時代、奴隷制の記憶を作動させる装置となる。[29]

魔女とされた女性たちや黒人奴隷は、周辺化された存在であっただけでなく、嬰児殺しをして、その肉を食らう「人食い」のイメージと結び付けられていたことにも大辻は注目している。カニバリズムの表象が、植民地主義の文脈で持っている意味を思い起こしておこう。

次に、ジャニーン・クランゲルの「強姦」の記憶に関する人類学的研究について紹介しておきたい。クランゲルの関心は、グアドループにおいて、どのように「強姦」は記憶され、このような「強姦」の記憶は世代を越えてどのような形で伝えられ、それがいかなる効果をもたらすのか、という点にあった。クランゲルの研究は、そのような調査を行うことで、理論的ないしは民俗誌的に、「強姦」の「かたりえなさ」について調べ、グアドループにおいて、「強姦」に対する反応がより複雑に表れ、

［28］大辻都「奴隷制、魔女裁判とカリブの女性――マリーズ・コンデ『わたしは魔女ティチューバ』を補助線として」『性的支配と歴史――植民地主義から民族浄化まで』宮地尚子編、大月書店、二〇〇八年、二二三頁。
［29］大辻、前掲、二二三頁。

そしてそれを取り巻く沈黙が、看過されてきたことを示そうとするものである。[30] さらにクランゲルは、グアドループの女性たちがタブーとされた「強姦」の話題について語り、「強姦」の記憶について伝え、そして日常生活のなかに可視化する方法について明らかにしようとした。

クランゲルの論文は、グアドループの「強姦」の記憶の表象を三つのレヴェルで解明している。まず、混血女性ソリチュードというヒロインの物語はどのように受容され、美化され、今日では政治的に流用されているのかについて明らかにしている。そして次に、グアドループの女性たちの「強姦」の経験が宗教的領域においてどのような形で現れるのか、人類学的調査を行い、「処女（性）」を重視したヒーラーによる儀礼と、「棒を持った男」という女性を「強姦」する伝説上の邪悪な存在（悪霊）について触れられている。最後に、エドウィッジ・ダンティカの『息吹、まなざし、記憶』*Breath, Eyes, Memory*（一九九四年）にも描かれる、「絶望的な支配」としての母による娘の「処女性」を調べるためのテストが「強姦」の記憶をまさしく具現化するものであることが示されている。

クランゲルは、本書第二章でも取り上げる、アンドレ・シュヴァルツ＝バルトの『混血女性ソリチュード』*La mulâtresse Solitude*（一九七二年）に描かれた、中間航路での女主人公の母への「強姦」にも目配りを忘れていない。ソリチュードは「強姦に生まれ、強姦に死んでいった」が、グアドループの人びとによって「国の母」とされ、[31] フランスの偉人が眠るパンテオンに祀られることも近年議論になった。[32]

先に述べたように、本書では、「強姦」という言葉を、性暴力に代表されるような、女性の身にふりかかるあらゆる奴隷制の構造的暴力を指すものとして用いていく。では次に、この「強姦」に対する「抵抗」のあり方について、議論を整理しておきたい。

4.「抵抗」に関する先行研究

第三世界において周辺化された人びと「サバルタン」に関する研究の蓄積は多い。そのサバルタン研究のなかでも「従属的地位に置かれている女性」の「語ることの可能性」について論じたG・C・スピヴァクの『サバルタンは語ることができるか』*Can the Subaltern Speak?*（一九八八年）の議論は、本書にも深くかかわる。前述のブラウンミラーの議論を彷彿させるように、この書は、サバルタンの女性がいかにして排除されているかを論じている。身も蓋もないようだが、「従属的地位に置かれた

［30］Klungel, *op.cit.*, p.44.
［31］*Ibid.*, p.44.
［32］https://la1ere.francetvinfo.fr/2013/09/02/une-nouvelle-femme-au-pantheon-63945.html「混血女性ソリチュードがパンテオンに?」二〇一九年七月二八日検索。

女性は語ることができるのか」という問いに対する結論は、沈黙を強いられた彼女たちは、「語るすべを持たない」というものだ。例えば、沈黙を強いられた女性たちのなかには、都市にいるサブプロレタリアートの女性たちも含まれる。スピヴァクは、次のようにいう。

これらの女性たちの場合には、消費主義に接近するのを拒絶されて消費主義から撤退していることと搾取の構造とにくわえて、さらには家父長制的な社会関係が大きくのしかかっている。労働の国際的分業のもう一方の側では、搾取されている当の存在は女性搾取のテクストを知ることも語ることもできないでいるのだ。たとえ、代表することをしない知識人が彼女に語る場をつくり出してやるというようなばかげたことが達成されたとしてもである。女性は二重に影のなかに隠されてしまっているのである。[33]

経済的搾取と家父長制という二重の支配によって、彼女たちが不正義を告発する手段すら奪われていることが述べられている。スピヴァクの指摘は極めて重要だが、あえて、この議論をもう少し展開してみよう。「語るすべを持たない」女性は、一切の抵抗を禁じられているのだろうか。言いかえれば、「抵抗」において、自ら声をあげること、すなわち自発性は必須なのだろうか。

そのことを考えるために、人類学者である松田素二の「抵抗論」について紹介しておきたい。松田は、ケニアでのフィールドワークを行い、政府の目をかいくぐりつつ生活するナイロビ住人の生活を記録している。松田は次のような問いを設定して議論を進めていく。

「抵抗」している「主体」とされる人びとは、本当に彼らにそのような意思があるといえるのか、それは安全地帯にいる観察者らが期待しているだけではないのか。観察者の「抵抗のロマン化」にすぎないのではないか。何を「抵抗」と呼び、そうでないというのか判然としないという問題。これら「抵抗論」に寄せられた人類学的見地からの批判に対し、松田は以下のような「抵抗」の概念に拠って立つ。

抵抗概念を、あいまいで両義的なものにとどめておくことが有用である。そうしたあいまいな領域のなかに、はっきりとした意志と意図を持たない抵抗が対象化できる。このように抵抗を考える際に、もっとも重要なのは、多様な変革の過程にその主体が関与しているかどうかであり、関与していれば、その実践は行為者の意図にかかわりなく抵抗として定位できる。なぜなら変革の過程は、支配秩序との緊張したせめぎあいをかならず伴うからだ。[34]

---

[33] G・C・スピヴァク『サバルタンは語ることができるか』上村忠男訳、みすずライブラリー、一九九八年、五四頁。

[34] 松田素二『抵抗する都市――ナイロビ　移民の世界から』岩波書店、一九九九年、一四頁。

表1　アンチオープの3つのカテゴリー

カテゴリー名	カテゴリー (a)	カテゴリー (b)	カテゴリー (c)
抵抗の性質	受動的な抵抗		能動的抵抗
	権力によって奴隷に制定されていた合法的地理空間と時間の内部に位置づけられた抵抗		カテゴリー (a) に比べてより直接的で、より劇的な闘いの形態、奴隷制とそれを代表する者たちに対して公然と宣告された戦争
抵抗の内容・例	小逃亡 (一時的な町や森林への逃亡)、無知を装う、嘘をつく、主人の毒殺、怠惰とサボタージュ、自殺、自己損傷、中絶、「家族」をつくることを拒否する、密告、アルコール中毒	カテゴリー (a) の示威行為に加えて、奴隷が禁止をかいくぐって、奴隷に許され、黙認されていたものすべてを利用し、具現し、再創造したり、可能であれば、白人の世界を本質的につくり変えようとした試み。宗教、言語、奴隷菜園、口承演芸、音楽、歌、冗談、ダンス	武装叛乱、暴動を導いた陰謀、マルーン集団の組織化、社会的に組織されたマルーン村落の形成に至った大逃亡（長期、決定的な逃亡）、近隣の島々への逃亡（脱出と呼ばれた）、フランスに至る逃亡
アンチオープによる評価	自己否定的	(言語・宗教) 鎖を断ち切る手段としての要領がよい。	破滅的

松田の「抵抗」概念を参照した上で、ガブリエル・アンチオープの「抵抗論」の議論も見ておこう。マルチニック出身のカリブ海奴隷史家であるアンチオープは、これまでなされてきた奴隷の「抵抗」を「受動的」か「能動的」かに二分する古典的な分類を検討し、「それを行った奴隷の個性における特定の心理的また知性的な様式に対応」[35]しているとして三つのカテゴリーに再分類した（前頁の表1参照）。中でも、アンチオープの「抵抗論」の主軸がおかれているのはダンスである。少し長いが、アンチオープの「ダンス」の議論を引用したい。

> カリブ海の黒人のダンスは、たんにアフリカの文化が移植されたものではなく、アフリカの多様なエスニック集団に出自する文化的記憶が、カリブ海のプランテーション社会という特別な状況のなかで混合され、さらにはヨーロッパ系の音楽やダンスの要素さえ取り入れられて、成立したものである。（中略）カリブ海に到着した黒人たちは、アフリカで本来持っていた文化をいったんは剥奪されて、たんなる「労働力」とされたのであり、かれらのダンスは、そこでかれらがあらためて主体的に確立した文化という一面をもっていた。（中略）したがって、奴隷のダンスに、「抵抗」や「陰

---

[35] ガブリエル・アンチオープ『ニグロ、ダンス、抵抗——一七～一九世紀カリブ海地域奴隷制史』石塚道子訳、人文書院、二〇〇一年、一九九頁。

謀」の要素もあったのは、当然である。ダンスは、奴隷にとっては、数少ない娯楽のひとつであるとともに、プランテーションごとに分断されたかれらが意志を通じ合う場を提供し、ときには、抵抗のための武術を訓練する場でさえあった。[36]

ダンスは奴隷たちの娯楽であると同時に、「抵抗」の営みでもあった。アンチオープの抵抗の分類を示した表1を見ても分かるように、奴隷たちの「抵抗」は、「反乱」や「逃亡」といった極端な選択をいつもしているわけではなかった。

アンチオープの議論を踏まえつつ、本書では多様な「抵抗」のあり方に目を配っていきたい。また松田のように、「はっきりとした意志と意図を持たない」営為も、「多様な変革の過程にその主体が関与している」場合には、「抵抗」として捉えて議論を進めていく。

また、とりわけ女性たちの「抵抗」に目を向ける際に、気をつけておきたい点がある。インド出身のフェミニスト、チャンドラー・タルパデー・モーハンティーは、今日の第三世界の女性に対するまなざしが、男性暴力や経済開発の犠牲者か、そうでなければ女闘士か、といったステレオタイプな見方に陥りがちな危険性を指摘している。[37] この危険性は、本書の分析においても留意しておきたい。つまり、構造的な暴力にさらされた女性登場人物たちを、犠牲者／反乱する女闘士のいずれかに単純化して捉える危険性である。とくに、彼女たちがたんなる哀れな存在であるという一面的な理解は慎重に避けていきたい。彼女たちは絶えず「強姦」の被害者であったことは間違いないが、アーノルドが指摘しているように、恋愛や自分の生について主体的に決めようとする存在でもあったからだ。

　また本書では、とくに女どうしの連帯による「抵抗」に注目していく。そこで依拠されるのは「シスターフッド」という概念である。柚木麻子によれば、「シスターフッドとは、本来血縁関係のない女性同士の絆を指」し、「一九七〇年代に英語圏で花開いたフェミニズム神学の中で、クローズアップされた関係性」であり、その特徴は「誰かを助けることで自分自身をも救うことにある」のだという[38]。

　アメリカの黒人フェミニストであるベル・フックスは、「シスターフッド」という関係性もまたブ

[36] アンチオープ、前掲書、三頁、傍点強調は筆者による。同時にアンチオープは、植民者たちにとってダンスが好都合な面があったことも指摘している。「しかし、ことはそれほど単純でもない。ダンスはまた、プランターが奴隷の欲求不満を緩和し、反乱を防ぐという社会統合策としての意味をも負わされていたのである」（同書、四頁）
[37] C．T．モーハンティー『境界なきフェミニズム』堀田碧監訳、法政大学出版局、二〇一二年、三四頁。
[38] 柚木麻子「シスターフッドが信じられない人へ」『日本のフェミニズム―― since1886 性の戦い編』北原みのり編、河出書房新社、二〇一七年、一一六―一一七頁。

ルジョワ白人フェミニストに横領されている――姉妹たちは「無条件」に愛し合い、対立を避け、批判したりしない、女性＝犠牲者としての共通体験を根拠にする――ことを問題視しているが、「性差別の抑圧をなくすことをめざすフェミニズム運動への政治的な献身を基盤として私たちは絆を結べるはずだ[39]」と「シスターフッド」の可能性を示唆している。

また、先にも触れたモーハンティーは、「女性の統一は、自然的・心理学的な共通性にもとづいて最初からあるわけではない。それは歴史のなかで努力し勝ち取るべきものなのだ」と述べ、そのためには、「歴史上の抑圧の形態と『女性』という概念とがどう関係しているかを明らかに」しなければならないという[40]。

これらのフェミニストたちの言説によれば、「強姦」という問題を解決するための糸口として女性どうし協力し合い、疎外の克服やそのための関係性構築を図ることもまた、「シスターフッド」と呼びうるだろう。本書では、テクスト分析を通して、女性の身体に降りかかる災難としての「強姦」に抵抗する手段としての「シスターフッド」の可能性を探っていく。

さてここまで、本書の前提となる諸議論に多くの頁を割いたが、これらの議論を踏まえ、本書の構成について紹介したい。

5. 本書の構成

本書が研究対象とするのは、二〇世紀フランス語圏カリブ海文学、とりわけグアドループを舞台とする四つの小説である。本書は、これら作品のなかで、奴隷制や「強姦」に対する「抵抗」がどのような形でみられるのか、「シスターフッド」の関係が女主人公をどのように下支えしているのか考察するものである。作品の舞台・時代背景の順に章構成を行った。

第一章では、マリーズ・コンデの『わたしはティチューバ』*Moi, Tituba sorcière... Noire de Salem*（一九八六年）における「強姦」への「抵抗」について論じた。奴隷制時代に奴隷たちはどのような「抵抗」を実践していたのか、テクストの読解を通して読み解き明らかにすると同時に、中間航路での「強姦」やマリッジ・レイプといった性暴力に対し、女性登場人物の「抵抗」がどのように描かれているのかについて確認した。この小説において、女主人公は、男性が主導していた反乱や逃亡と

［39］ベル・フックス『ブラック・フェミニストの主張――周縁から中心へ』清水久美訳、勁草書房、一九九七年、六九頁。
［40］モーハンティー、前掲書、一七一頁。

いった「抵抗」からは疎外され、また性暴力に遭いやすいという姿が描かれている。しかし、「強姦」を強いられる者どうし、白人女性との人種や階級を越えた友情が描かれているほか、妖術の知識を用いて女性たちを癒す「シスターフッド」の関係も描かれている。男性の主導する「抵抗」から疎外される女主人公が、「シスターフッド」の関係の中で、どのように自己回復していくのかについても論じた。

第二章では、アンドレ・シュヴァルツ=バルトの『混血女性ソリチュード』*La mulâtresse Solitude*（一九七二年）における奴隷制への「抵抗」について議論した。女主人公は、白人水夫による奴隷船上での「強姦」の結果、混血の女児として出生したのだった。母が恋人とともに出奔したのちは、混血の身体的特徴ゆえに周囲から疎外されていることに気づく。そのような最中にあって、女主人公は奴隷制に対して様々な「抵抗」を試みる。そして、植物相に通じた主人公は、「ケンボワズーズ（女妖術師）」となって、周囲の女たちを癒し、「シスターフッド」の関係のなかで社会的承認を獲得していく。物語後半部では、主人公はフランス軍と戦う一団を率いるリーダーとして、略奪や反乱を行う。奴隷制に対する「抵抗」の仕方とその変化が、主人公の成長に反映されていることについて論じた。

第三章では、シモーヌ・シュヴァルツ=バルトの『奇跡のテリュメに雨と風』*Pluie et vent sur Télumée Miracle*（一九七二年）における「シスターフッド」について考察した。『奇跡のテリュメ』は、一八四八年に奴隷解放を経験した曾祖母ミネルヴから、祖母トゥシーヌ、母ヴィクトワール、主人公テリュメ、養女ソノールにいたるまでの、約一〇〇年間の、ルガンドゥール家の女たちの人生を描いている。主人公テリュメは、母が恋人と出奔する際、祖母のトゥシーヌに預けられ、祖母とその友人で魔女であるマン・シーアによって養育される。祖母らとの共同生活では、単に家政術を習うだけでなく、口頭伝承や教訓譚、妖術の知識も授かる。これらが主人公の後半生の糧となったのである。本章では、『奇跡のテリュメ』にどのような「シスターフッド」の関係が描かれているのか確認するとともに、それが主人公の自己肯定にどのように結びついたのかについて論じた。

第四章では、マリーズ・コンデの『移り住む心』*La migration des cœurs*（一九九五年）における「ハイブリッド」と「乳白化願望」について考察した。エミリー・ブロンテの『嵐が丘』*Wuthering Heights*（一八四七年）を下敷きにして、荒涼とした一九世紀のイングランドから二〇世紀初めのカリブ海へ舞台を移したことで、作品世界はどのように変わるのかについて指摘した。また、『移り住む心』には、フランツ・ファノンが「乳白化」と呼んだ、人種的にも社会的にも「白くなる」願望がどのように描かれているのかについて確認した。またこの作品には、「乳白化願望」だけではとらえきれない、性的な欲望や同性愛的関係が描かれていることに注目した。さらに、女主人と使用人の関係を越えた「シスターフッド」の関係が、男性の暴力や身勝手な暴走に苦しむ女性たちを慰め、守るものとして描かれていることを論じた。

終章では、四つの作品論を踏まえて、「強姦」被害者のエイジェンシーと「シスターフッド」の関係について考察した。そのときに鍵となるのが、性暴力の線引きの難しさを扱った「性暴力連続体」の議論である。この議論を、「強姦」という被害に遭いながらも、「抵抗」の主体になりうる存在として描かれた女主人公たちの理解に援用した。そして、「強姦」に苦しむ女性たちのアジールが「シスターフッド」という関係であったことを確認した。

第一章　『わたしはティチューバ』における「強姦」への「抵抗」

はじめに

女性として生きることには、かなりのしんどさがつきまとう。毎月の月経とそれに伴うストレスと体調不良、出産・育児による体質の変化、あるいは不妊や流産といった子を持てない苦しみ。また、家族の育児や介護を、女性が一手に担わされることは往々にしてある。もちろん、妊娠や出産、家族のケアには、何事にも代えがたい喜びや幸せもあろう。しかし、男性に比して、女性の負担がかなり大きいことは否定できない。それに加え、これは極めて重要なことだが、女性は男性に比べ、性暴力の被害に遭いやすいという弱点がある。

本書の研究対象とするカリブ海を舞台とする小説では、まさにその性暴力が、黒人女性が奴隷船の上で「強姦」されるという事態としてしばしば描かれている。中間航路の途中、黒人女性が白人男性によって「強姦」されることは、実際にも頻発したことだったが、小説でもよく取り上げられる題材だ。

マリーズ・コンデ（以下、マリーズ）の『わたしはティチューバ』*Moi, Tituba sorcière...Noire de Salem*（一九八六年）と、次章で取り上げるアンドレ・シュヴァルツ＝バルトの『混血女性ソリチュード』*La mulâtrsse Soltiude*（一九七二年）は、まさにその点を出発点にしている小説だ。母に対する奴隷船上での白人水夫による「強姦」。そして、その「強姦」によって出生した女主人公。ほかにも、この二作品には多くの共通点が見られる。冷淡な母とそれに代わって養育する老婆の存在。女主人公の「魔術」の使用。反乱に加わったかどで処刑されてしまう結末も、非常に似通っている。

しかし、『混血女性ソリチュード』の結末では、女主人公の子どもは奴隷として奪われるのに対し、『わたしはティチューバ』においては、黄泉の世界で女主人公ティチューバと恋人のイフィジーンが子どもたちを育てている。ティチューバ自身も「そう、わたしは今、幸せだ[1]」と語っているように、この結末が『わたしはティチューバ』のトーンを明るくしている。

『わたしはティチューバ』を書いた、マリーズとはどのような人物なのか見ておこう。

マリーズは、一九三七年にグアドループで、「かつての公務員」である黒人の父と、同じく黒人の小学校教師の母との間に、八人きょうだいの末っ子として生まれた。マリーズの実家・ブコロン家は裕福な家庭で、ヴァカンスのたびヨーロッパに出かけたという。クレオール語を恥じていた母から、家庭でクレオール語を話すことは禁じられていた。パリに留学していた一七歳の時に、エメ・セゼールの『帰郷ノート』*Cahier d'un retour au pays natal*（一九三九年）を初めて読んだマリーズは、セゼールらの提唱する「ネグリチュード」に熱中したという。「源泉（アフリカ）への回帰」をうったえるセゼールの言葉通り、マリーズは実際にアフリカへと渡り、ギニア人俳優ママドゥ・コンデと最初の結婚をする。その後、マリーズはアフリカを後にし、パリやニューヨーク、故郷グアドループを「彷徨」しながら、大学で教鞭をとりつつ、執筆活動を行ってきた。一九七六年、アイデンティティを求めてアフリカを訪れる女主人公ヴェロニカの人生を描いた最初の小説『ヘレマコノン』*Heremakhonon* を発表する。この第一作は不評だったが、一九八四年から二巻本で刊行した西アフリカに実在した

マリーズ・コンデ（2008 年撮影）

［1］マリーズ・コンデ『わたしはティチューバ――セイラムの黒人魔女』風呂本惇子・西井のぶ子訳、新水社、一九九八年、三〇四頁。

セグー王国の一族を題材にした小説『セグー』*Ségou* がベストセラーとなる。ほかにも『生命の樹』*La vie scélérate*（一九八七年）、第四章で取り上げる『移り住む心』*La migration des cœurs*（一九九五年）など、多くの作品を発表している。多作家であるだけでなく、フランスでは料理の名人としても有名である。[2] 二〇一八年、ノーベル文学賞の代わりに設置された「ニュー・アカデミー文学賞」を受賞したことは、序章で述べたとおりである。

そのマリーズが、一七世紀のいわゆる「セイラムの魔女裁判」に取材して上梓した小説が『わたしはティチューバ』である。

『わたしはティチューバ』の物語の展開はかなり早い。プロットは次のようなものである。

奴隷船上でイギリス人水夫に「強姦」されたアベナは、奴隷船の行き着いたバルバドスで娘を生む。同じ農園の男奴隷のヤオは、彼女の娘を「ティチューバ」と名付け、養父になる。しかし、奴隷主による「強姦」に「抵抗」した母アベナは処刑され、ヤオは自殺し、ティチューバは孤児となる。年老いた魔女マン・ヤーヤによって、ティチューバは養育され、薬草や魔術の知識を授かる。しかし、ジョン・インディアンという男奴隷と出会い、恋愛関係になったティチューバは、意地の悪い白人女主人、スザンナ・エンディコットの奴隷になってしまう。スザンナは、自らの死を前に、二人を牧師のサミュエル・パリスに転売する。パリス一家に伴い、北米へと移住したティチューバは、魔女として告発され、投獄される。獄中では、ナサニエル・ホーソーン作『緋文字』*The Scarlet Letter*（一八五〇年）のヒロインであるヘスター・プリンと友情を育み、セイラムの魔女裁判で生き残るための入れ知恵をしてもらう。監獄料がまかなえなくなったティチューバだったが、料理の名人という評判が立ち、大勢の子どもを抱えてやもめ暮らしをしていたユダヤ人、ベンジャミン・コーヘン・ダゼヴェドによって家事育児のための奴隷として購入される。ユダヤ人に対する迫害が原因で、ベンジャミン一家は移住を余儀なくされ、彼の情婦的存在でもあったティチューバは解放される。そしてティチューバは、バルバドスへ帰郷する。逃亡奴隷たちのリーダー、クリストファーとしばらく暮らすも、彼の独善性に愛想尽かししたティチューバは、彼のもとを去る。負傷した年若いイフィジーンの看病の間に、二人は恋仲となり、恋人は反乱計画を練る。しかし、クリストファーの裏切りにより、計画が発覚し、二人は絞首刑にされる。しかし、エピローグの舞台となる黄泉では、二人は養子を迎え、ついに幸せに暮らすことができる。

---

［2］マリーズ・コンデ『心は泣いたり笑ったり――マリーズ・コンデの少女時代』くぼたのぞみ訳、青土社、二〇〇二年。大辻都『渡りの文学――カリブ海のフランス語作家、マリーズ・コンデを読む』法政大学出版局、二〇一三年。三浦信孝「『越境するクレオール』への招待――マリーズ・コンデと出会うために」『越境するクレオール――マリーズ・コンデ講演集』マリーズ・コンデ、三浦信孝編訳、岩波書店、二〇〇一年、三―二二頁。

アンドレ・シュヴァルツ＝バルトの主人公ソリチュード同様、ティチューバも実在した人物である。しかし、彼女に対する記録らしい記録は、残っていない。マリーズが監修した『キャリバンの遺産』というカリブ海文学を扱った論文集には、「女性自身のイメージの創造」と題された論文が収録されている。そのバルタンスキーの論文によると、史料から確認できるのは、ティチューバがバルバドス出身の女性であり、「薬草に通じている」と考えられていたこと。ティチューバは、彼女を所有していた聖職者サミュエル・パリス、ピューリタニズムや人種主義の犠牲者であること。他の者とは異なり、有罪を告白したこと。監獄料のために売り飛ばされて、その後の足取りは不明ということだけだ。[3] このように、その伝記的事実の多くが不明である人物を主人公にして、白人支配者にも男にも

『わたしはティチューバ』仏語原書
Moi, Tituba sorcière....Noire de Salem
Mercure de France

『わたしはティチューバ』日本語版
風呂本惇子・西井のぶ子 訳、新水社

従属しないひとりの女性をマリーズは描いた。

マリーズ自身、『わたしはティチューバ』について、「プログラムのようなフェミニズム小説を書いたのではないと断言し[4]」たというが、それでもやはり、この小説を読むにあたっては、フェミニズム的視点が再三採用されてきた。大辻都の先行研究のひとつは、「魔女裁判」と奴隷制を重ねながら、それらによって排除される魔女や新世界の「野蛮人」が、子殺しや嬰児殺しを行って「人喰い」を行うと考えられていた共通点に言及している[5]。大辻は、ティチューバの物語がマリーズによって「フィクション化」されるとき、中間航路での「強姦」によって女主人公が出生することが強調されているという。主人公の母に対する「強姦」が強調された『わたしはティチューバ』の歴史的背景について、大辻は以下のように述べている。

［3］Kathleen M. Balutansky, "Creating her own image: female genesis in *Mémoire d'une amnésique* and *Moi, Tituba sorcière…*," in *L'Héritage de Caliban*, Maryse Condé (ed.), Point à Pitre, Éditions Jasor, 1992, p. 42.

［4］Robert H. McCormick, Jr., "From Africa to Barbados via Salem:Maryse Condé's Cultural Confrontations," in *Calibana*, No. 5, 1996, p.156.

［5］大辻都「奴隷制、魔女裁判とカリブの女性――マリーズ・コンデ『わたしは魔女ティチューバ』を補助線として」『性的支配と歴史――植民地主義から民族浄化まで』宮地尚子編、大月書店、二〇〇八年、二一三―二三六頁。

また植民地では、アフリカ黒人と白人植民者や白人船員の混血である人間が、奴隷制時代を通じて増加の一途をたどった。その大半は白人男性と奴隷女性の子供であり、妊娠の典型的な契機は強姦だった。現在、これらの地域で一般的に見られる多様な人種の多くはこうした経緯により形成されたといっていい[6]。

大辻によるこうした考察は、「強姦」に焦点を当てている本書においても、正しく踏まえなければならないだろう。また、作品に描かれた奴隷制社会における家族のありように注目した研究もある。これらの研究もまたフェミニズム的視点を採用している。先に引いたバルタンスキーの先行研究は、「存在論（的）（に）」という語を繰り返し使用しながら、ティチューバを発話する主体として捉え、「自身の置かれた状況の現実の不正義に対し、激怒の声をあげる[7]」存在としている。また、ロベール・マコーミックは、『わたしはティチューバ』を、「これまでの作家や歴史家たちが忘却してきた、黒人女性の不明な部分を記述して、その存在を取り戻すことに成功している[8]」と評価するとともに、一七世紀に生きたカリブの女性の「存在を生き返らせる」ため、ティチューバの一人称語りが採用されたのだと指摘している[9]。

ヴィヴアン・ヌン・ホロランは、「家族の結束――新しいスレイブ・ナラティブにおける母／父祖の地としてのアフリカ」と題した論文で、『わたしはティチューバ』、アンドレの『混血女性ソリチュード』、キャリル・フィリップスの『川を越えて』*Crossing the River*（一九九三年）の比較研究を行っている。中間航路での「強姦」の結果生まれた混血の子どもに対し冷淡な母に代わって養育する男（養父）にも目配りを忘れていない。しかしながら、養父は子どもを愛情深く育て、彼らのアフリカ体験を物語るも、子どもをアフリカに結び付けることには不十分だったとホロランは指摘している。[10]つまり、父親たちは切り離されたアフリカの伝統的価値観を子ども達に継承することができない存在として描かれている、というのがホロランの主張であった。

序章でも触れたジェームズ・アーノルドによれば、カリブ海の男性作家たちの文学は、英雄的な逃亡奴隷「マロン」を扱った文学に象徴されるという。[11]それに対し、大辻は、マリーズの研究書『渡りの文学』のなかで、「非-マロン文学としてのカリブ海文学」という章で『わたしはティチューバ』を

［6］大辻、前掲「奴隷制、魔女裁判とカリブの女性」二一二三頁。
［7］Balutansky, *op.cit.*, p. 44.
［8］McCormick, *op.cit.*, p. 153.
［9］*Ibid.*, p. 153.
［10］Vivian Nun Holloran, "Family Ties: Africa as Mother/Fatherland in Neo Slave Narratives," in *Ufahamu: A Journal of African Studies*, 28 (1), 2000, p. 8.
［11］James Arnold, "The gendering of créolité: The etotics of colonialism," in *Penser la Créolité*, Maryse Condé and Madeleine Cottenet-Hage (eds.), Paris, Éditions Kalthala, 1995, p. 27.

扱っている。大辻は、逃亡奴隷状態になるティチューバに焦点を当てながら、異郷の地で生きていくために想像力を働かせることについて論じている。[12] たとえば、バルバドスから引き離され、北米に渡ることを強いられたティチューバは、代用品となる薬草を探したり、死んでしまった家族と交霊をする。物理的な問題を、想像力と創意工夫によってブリコラージュ的な形でしのごうとするのである。

これらの先行研究を踏まえた上で、本章では、奴隷制時代に奴隷たちがいかなる「抵抗」を行っていたのかテクストの読解を通じて明らかにする。同時に、中間航路での「強姦」をはじめとする性暴力がどのように描かれているのか、それに対し、女性たちはどのように「抵抗」したのかを確認する。そして、これらの「強姦」に対する「抵抗」と女主人公との関係についても検討したい。

まずは、ティチューバをとりまく男たちが、奴隷制に対しどのような形で「抵抗」をおこなっていたのかみてみよう。

1. サブ・キャラクターの「抵抗」

(1) 反乱

反乱という暴力的行為によって植民者と対峙しようとする方法は、もっとも過激な仕方での「抵抗」であるといえる。いうまでもなく反乱は、植民者と奴隷の「支配 - 被支配」関係を転覆させせようとする試みである。

反乱の実現は決して容易ではなかった。過酷な環境と奴隷監督の監視のもとに置かれた奴隷たちは、白人権力の前では、反乱は危険でばかげたものだと考えていたし、主人に逆らうと手痛い暴力に遭ったり、時には殺されたりするのを知っていたので、否応なく主人に従い、あからさまに反抗することはなかった。[13]しかし、既に充分すぎるくらい耐え、これ以上耐えることは我慢ならないと思った奴隷たちの中には、暴力的な反乱によって植民者と対峙しようとする者が現れた。[14]

しかしながら、反乱が企図されても、それが実現することはほとんどなかった。反乱計画を知った逃亡奴隷や家内奴隷が、奴隷の仲間たちを裏切り、反乱計画を主人に密告するからであった。逃亡奴隷については後に説明するため、ここでは家内奴隷について述べておく。家内奴隷は、畑で働く奴隷たちから分離され、主人の家で寝食を共にし、主人の求める模範的で従順な奴隷になるよう訓練され

[12] 大辻、前掲書『渡りの文学』一五三―一八七頁。

[13] トーマス・L・ウェッバー『奴隷文化の誕生――もうひとつのアメリカ社会史』西川進監訳、新評論、一九八八年、一八七頁。

[14] ウェッバー、前掲書、一八四―一八五頁。

た。そして家内奴隷は、自分が主人の屋敷の中で働いていることを誇りに思い、畑で働く奴隷たちに対して優越感を抱くのであった[15]。

家内奴隷は、その心性が主人に傾いていたので、主人のスパイとして行動した。彼らは畑奴隷たちが互いに反目しあうように仕向けたり、反乱の計画を主人に密告したりして、仲間を裏切っていた。そのため、反乱計画のほとんどは、実現される前に主人の耳に入り、反故となった。反乱を企図した奴隷たちは、虐殺されたり、ひどい虐待を受けて見せしめにされ、一層過酷な環境での労働に連れ戻されるか、転売された。一方、密告をした家内奴隷は、主人から褒美をもらい、いっそう「かわいがられ」、他の奴隷たちよりも好待遇を受けた[16]。

『わたしはティチューバ』でも、奴隷たちの反乱――より正確にいえば、反乱の失敗が描かれている。

後に女主人公の恋人となる少年、イフィジーンは、その反抗的な態度のために奴隷監督に瀕死の状態になるまで鞭打たれ、ティチューバの治療によって回復する。イフィジーンの母親も、かつてのティチューバの母がそうであったように白人主人によって「強姦」された挙句、殺されていた。イフィジーンが白人たちへの反乱計画を企図するのは、母の殺害に対する復讐のためでもあり、自身が瀕死になるまで虐待されたことに対する報復のためでもある。すなわちそれは、白人の支配する世界への拒否の意思の表れである。彼は、白人の支配する世界で隷属を余儀なくされるよりも、「バルバドスじゅうを火の海」にし、白人を追い出そうとする。

イフィジーンは、反乱計画が漏れるのを恐れ、かつての恋人ティチューバをないがしろにしたクリストファーのもとに彼女を行かせる。密告をしないという約束を取り付けるためであったが、これがあだとなる。結局、クリストファーはこれを裏切り、白人たちに反乱計画を密告する。ティチューバの家は、銃を持った兵士に取り囲まれ、ティチューバとイフィジーンは、絞首刑にされてしまう。のちに触れるように、逃亡奴隷の密告によって反乱が未然に失敗する点は、史実上の奴隷反乱の失敗に通ずる。暴力的な反乱が実現すれば、白人社会に大きな物理的・心理的ダメージを与えることに成功するが、その実現は史実上もほとんど不可能であったし、『わたしはティチューバ』においても成功することはなかった。

ここで注目すべきは、イフィジーンもクリストファーも、白人に対する反乱の企図を口にするが、ティチューバはその首謀者になることはなく、二人の間のメッセンジャー役を務めるのが関の山であり、他の女性たちも反乱計画から排除されていることである。このように、『わたしはティチューバ』における反乱では、女性たちが周辺化されているさまが描かれている。

〔15〕ジュリアス・レスター『奴隷とは』木島始・黄寅秀訳、岩波新書、一九七〇年、一〇四–一〇五頁。
〔16〕レスター、前掲書、一〇四–一〇六、一四五頁。

(2) 逃亡

ガブリエル・アンチオープによると、「逃亡奴隷とは一般に、奴隷が主人のプランテーションから脱走して、森、山、街の中へ身を隠すことを言い」、さらに正確には「短期間あるいは長期間、アウト・ローになることであり、当局への挑戦」であるという。[17] また「その意味では、農園主ならびに植民地当局の権威を傷つけ、入植者とその財産を危険にさらす意図をもって、彼らの指令に服することを拒絶した奴隷はすべて逃亡奴隷とみなしてよい」[18] と述べている。

過酷な労働と隷属を強いられていた奴隷たちは、頻繁に逃亡を企図し、実行した。もっとも、逃亡することは決して容易ではなかった。特別に訓練された飢えた犬を連れて「奴隷狩り」を行う者がいた上に、逃亡奴隷を発見して連れ戻した者に報償を与える仕組みが存在したからである。それでもなお奴隷は頻繁に逃亡したが、奴隷が逃亡するという行為自体が困難であっただけでなく、逃亡した後生きていくこともまた困難をきわめた。[19]

逃亡した奴隷たちの生活は、奴隷解放後の元奴隷たちの置かれていた状況と酷似している。奴隷として暮らしていたときは、人間扱いされない「動産」ではあったが、生きるために「最低限の」衣食住が与えられていた。ところが、そこから逃亡するということは、その「最低限の」衣食住すら保障されないことを意味する。奴隷解放後、自由の身になった元奴隷たちは、歓喜の声をあげるが、それも束の間。自由の身になっても生きる術がないことに気づくのである。解放後の奴隷たちは、結局元主人のところへ戻るか別の主人のところへ行き、隷属的な身分に置かれ、「自由」とは名ばかりであった。[20]

逃亡奴隷のなかにも自ら元主人のところへ戻った者もいたが、その多くは森に隠れて一人きりで暮らすか、仲間のところで匿ってもらい、小さなグループを作って相互扶助的に暮らしていた。[21] 逃亡奴隷は、逃げた以上「自活する」ことを強いられる。森の中やプランテーションの目立たないところで掘立小屋を建て、畑を耕し、鶏を飼うなどして食料を自給し、元奴隷主から与えられた衣服や拾ってきた襤褸を着てしのいでいた。

逃亡奴隷は、捕まれば処刑や拷問のリスクを背負っていただけでなく、白人による刷りこみにより、奴隷のなかでも最下層の者として位置づけられ、忌避されていた。[22] そのような非常に困難な自活

[17] ガブリエル・アンチオープ『ニグロ、ダンス、抵抗——一七～一九世紀カリブ海地域奴隷制史』石塚道子訳、人文書院、二〇〇一年、二〇八頁。
[18] アンチオープ、前掲書、二〇八頁。
[19] アンチオープ、前掲書、二〇〇―二〇一頁。
[20] レスター、前掲書、一八五―一八七頁。
[21] 下山晃「奴隷の日常と奴隷主支配体制」『近代世界と奴隷制——大西洋システムの中で』池本幸三・布留川正博・下山晃、人文書院、一九九五年、二五一―二五四頁。
[22] ウェッバー、前掲書、七九頁。

を余儀なくされるのを承知の上で、奴隷たちが逃亡したことについて、アンチオープは、「逃亡は、プランテーションでの苛酷さに耐えるよりも、また奴隷制度とその法体系そのものに耐えるよりもましだと奴隷が下した決断であった」[23]と説明している。

『わたしはティチューバ』においても、逃亡奴隷たちの生活が描かれている。バルバドスに帰郷したティチューバは、逃亡奴隷の暮らすキャンプ地に腰を下ろす。そこでの暮らしは、まさに相互扶助的な、しかし厳しい生活であった。

史実上、逃亡奴隷たちは、しばしば森を抜け出し、食料や必要な物資を調達するためにプランテーションから略奪し、女性を誘拐するなどして奴隷制社会に脅威を与えていた。それに対して白人農園主側は、新たな逃亡奴隷を引き渡すことと、反乱の情報を得たら白人農園主に報告することを条件に、互いに干渉しないという「暗黙の了解」を逃亡奴隷と交わしていた。[24]この「暗黙の了解」のために、『わたしはティチューバ』のイフィジーンは、ティチューバを通じて、逃亡奴隷のリーダー格であるクリストファーに反乱計画を漏らさぬよう頼まなければならないのである。

逃亡は、一見消極的な「抵抗」のように思われる。しかし、奴隷制という支配体系そのものから逸脱できるほとんど唯一の道なのである。逃亡後に生きていくことの困難、また密告される危険がありながらも、奴隷たちは逃亡したのである。

（3）面従腹背

最も多くの奴隷たちが「抵抗」した形態は、反乱でも逃亡でもなく、面従腹背であったと考えられる。ここでの面従腹背とは、主人の前では従順に従うふりをしながら、主人のいないところでは自由にふるまうことをいい、一種のサボタージュを指す。彼らの最大の関心は、「できるだけ仕事をしないこと」「できるだけ鞭で打たれないこと」にあった。[25] そのために、奴隷たちは自らを無知に見せかけ、仕事ができないと主人に信じ込ませ、割り当てられる仕事を少なくしようとした。面従腹背する奴隷は、畑で働く奴隷に多く見られた。彼らは家内奴隷とは異なって、主人の屋敷とは別の小屋で暮らし、主人との直接の接触も少なかったので、心性が主人に傾くことがなかったのである。畑奴隷たちは、収穫の量によって自分たちの生活が変わらないことを知っていたので、熱心に農作業に取り組もうとしなかった。また奴隷の中には、タフィアやラム酒といったアルコールに溺れる者もいた。アルコールに溺れた奴隷たちは、割り当てられ期待された仕事量をこなすことができずに、サボタージュが横行した。飲酒が「抵抗」の手段になりえたのである。[26]

---

[23] アンチオープ、前掲書、二〇二頁。
[24] 加茂雄三『地中海からカリブ海へ——これからの世界史6』平凡社、一九九六年、三九-四一頁。
[25] レスター、前掲書、一一七頁。
[26] アンチオープ、前掲書、二一六-二一八頁。

奴隷制は白人農園主たちに、「動産」である奴隷の肉体に対する支配権を与えたが、奴隷の精神は奴隷自身のものであり、支配することができなかった。『わたしはティチューバ』での面従腹背の例は、主人公の夫であったジョンの描写だろう。彼は、所有者であるスザンナ・エンディコットやパリス一家に従順に従うふりを見せる。なぜなら、面従腹背こそ黒人奴隷が生き延びるために不可欠な手段であることをジョンは知っているからである。ティチューバは、ジョンに対し、「あの〔=白人〕連中の操り人形みたい」だと責めるが、ジョンは自らの面従腹背する態度について次のように妻に思いを吐露する。

「俺は仮面をかぶっているんだよ、追い詰められた女房どの！　あいつらの望む色を塗ったやつさ。赤い、ぎょろ目がよろしいんで？『はい、だんなさま！』分厚い、黒い唇ですか？『はい、奥様！』鼻はガマみたいに広いってわけで？『いかようにも、紳士淑女諸君！』その仮面の後ろで、俺ジョン・インディアンは自由なんだよ。……」[27]

ジョンは、表面的には、白人が求めるような人物像を演じこなしているものの、一方彼の精神はというと、白人に隷属することなく自由であることがみてとれる。

2.「強姦」に対する「抵抗」

(1) 奴隷に対する「強姦」

繰り返しになるが、ティチューバの母アベナは、奴隷船に乗せられバルバドスに向かう中間航路の途中、イギリス人水夫によって「強姦」される。ティチューバは、「侵略的行為」であり「憎悪と侮蔑の行為」である「強姦」の結果としてこの世に産み落とされる。序章でも触れたが、主人公の出生についてこのような設定がなされたのは、「ヒロインに奴隷制の記憶を刻印する作者の意図の表れである」と大辻都は指摘している[28]。

奴隷船の上で、アベナが「強姦」に対し、どのような「抵抗」をしたかについては描かれていない。しかし、彼女が逃げることのできない奴隷船の積み荷として載せられていたという設定を考えれば、奴隷船での「強姦」は不可避であり、「抵抗」も無意味であっただろう。

アベナは、奴隷船が行き着いたバルバドスで、中間航路の「強姦」の「産物」である女児を産み落

[27] コンデ、前掲書『わたしはティチューバ』一三〇頁、傍点強調は筆者による。
[28] 大辻、前掲「奴隷制、魔女裁判とカリブの女性」二二三頁。

とした。黒人奴隷の夫ヤオは女児をティチューバと名付け、アベナは、彼とともに養育しようとしたが、娘を愛することができない。娘の肌は黒く、髪の毛も縮れ毛で、白人のおもかげは残していなかったが、それでも娘を見るたびに、奴隷船での「強姦」が、フラッシュバックとして再現されるのだ。アベナは、抱き付きじゃれようとする娘を押しのけることで、回避することのできなかった忌まわしい記憶に、心理的に「抵抗」しようとするのである。

宮地尚子は、「強姦」の後も被害者が生き続けるうえでつきまとう「あとくされ」について論じている。「強姦」は、被害者に精神的な負の遺産を与えるが、それによって生まれてくる子どもには「豊かな生や文化を生み出す可能性」がある。そして、「強姦」の被害者は、何らかの形で、その経験の辛さとなんとか折り合いをつけていくしかない。そのようなあとくされに対する折り合いの中で、創造性や、弱者の武器といったものが生まれると宮地は指摘している。[29]

『わたしはティチューバ』において、アベナは自分の子どもが女児であることをひどく残念がる。

母には女の運命が、男の運命よりさらに苦痛にみちたものに思えたのだ。女は、置かれた状況から解放されるためには自分を隷属させている男の意志に従い、その男と寝なければならないではないか。[30]

それ以上に母アベナが、ティチューバが女児であることを残念がるのは、娘もまた自分と同様、「強姦」を経験するかもしれないという不安からだといえよう。それは、「女性の身にふりかかる恐ろしい出来事」だからである。[31] そしてアベナは、まさに「強姦」によって命を落とすことになる。

奴隷主のダーネルは、夫としてアベナにあてがったヤオとの愛情の通うセックスと幸せな家庭生活から、見違えるほど美しくなったアベナを目にし、手籠めにしようとする。しかし、二度目の「強姦」を前にし、今度こそ逃れるために「抵抗」しようと、アベナは、刀でダーネルを二回切りつけた。アベナは、白人男性を攻撃したというかどで、縛り首にされる。奴隷制社会では、白人男性を頂点とする奴隷制のヒエラルヒーにもとづいて、奴隷主による奴隷に対する「強姦」は、「性暴力とみなされないまま」日常的に行われ、問題視されなかった。一方、それに対する「抵抗」は、犯罪とされてしまうのである。そして、アベナに対する二度目の「強姦」の結果、ティチューバの一家は離散を迎える。

また、母アベナの危惧は、不幸にも的中してしまう。アベナだけでなく、ティチューバも「強姦」

[29] 宮地尚子「性暴力と性的支配」『性的支配と歴史——植民地主義から民族浄化まで』宮地尚子編、大月書店、二〇〇八年、四六頁。
[30] コンデ、前掲書『わたしはティチューバ』一〇頁。
[31] S・ブラウンミラー『レイプ・踏みにじられた意思』幾島幸子訳、勁草書房、二〇〇〇年、二三七頁。

の被害に遭うのだ。

北米に渡ったパリス家で、「悪魔にとりつかれた」子どもたちが、自分たちを苦しめているのはティチューバであると嘘の告発をする。ティチューバは、主人サミュエル・パリスを含む、真っ黒な覆面をかぶった三人の男に縛りつけられ、殴られながら「強姦」された。男の一人は、「ほらほら、ジョン・インディアンの一物だぞ[32]」と嘲りながらティチューバを「強姦」したのであった。「強姦」をしながら魔女の名前の共犯者を言うよう強要する男たちに対し、ティチューバは、血を流しながらも必死に抗い、自分以外の者を魔女として告発することも拒否する。

序章でも紹介したように、「強姦」という性暴力の成立は、男の特権であるというだけでなく、「男が女を支配する際の基本的な武器となり、男にとっては征服欲の、女にとっては恐怖の媒介手段」になるとスーザン・ブラウンミラーは指摘している。[33] ティチューバに対する「強姦」は、まさに三人の男たちが彼女を支配しようとする場面である。ティチューバの抗いを、性暴力としての「強姦」だけでなく、男性による支配に対する「抵抗」としてみることもできよう。

この「強姦」によってティチューバは妊娠することはなかったが、別の点で「あとくされ」が生じる。ティチューバとジョン夫妻の関係の破綻である。

ティチューバに対する「強姦」の途中で、夫ジョン・インディアンが戻ってくると、三人の男たちは、「強姦」行為をやめ、引き上げる。ジョンは、「強姦」されたティチューバを抱きしめ、涙をながすが、「強姦」を機に、夫婦生活は破綻をきたす。ジョンは、他の男たちによる「強姦」から妻を守ることに失敗した自らの無力さを感じ、妻であるティチューバは、「強姦」を回避できなかったことに失望するのである。ティチューバ夫妻は、夫婦間での健全なセックスを楽しんでいたが、ジョンは他の男に「強姦」されたティチューバを「汚された」と感じたのか、以降妻とセックスすることはない。さらにジョンは、ティチューバを裏切り、別の女性と恋愛関係になる。

（2）マリッジ・レイプ

アベナとティチューバは、女性奴隷であるがゆえに夫でない白人男性から「強姦」されるが、この小説には「強姦」とよびうるような、夫側から強制的なセックスを求められている白人女性が三人登場する。夫でない男性から「強姦」された女性奴隷のアベナとティチューバは、夫による「強姦」被害に悩まされている白人女性たちと――アベナは主人の妻ジェニファーと、ティチューバはパリスの妻エリザベスと『緋文字』のヒロインであるヘスター・プリンと――親しくなる。彼女たちは、「強姦」の被害者どうしというだけでなく、何でも打ち明けられる存在となり、人種を越えて友情を育

［32］コンデ、前掲書『わたしはティチューバ』一六〇頁。
［33］ブラウンミラー、前掲書、六頁。

む。母アベナと養父ヤオを所有していたダーネル・デイヴィスとジェニファーの夫婦生活については詳らかにされていない。だが、ダーネルは大勢の妾とその「私生児」を持っていたことが記されている。妻のジェニファーは、無理やり結婚させられたダーネルを「野獣のような男」だといって憎んでいた。ダーネルは、金銭的にも性的にも強欲で、その強欲さは、妾だけに飽くことなく、奴隷のアベナまでも「強姦」しようとしていたことからも分かる。このような自己中心的なダーネルが、妻のジェニファーを相手に、身勝手なセックスを強いることは容易に想像がつく。

ティチューバの「宿敵」サミュエル・パリスとエリザベス夫妻の場合、妻エリザベスは、セックスを嫌悪しており、ティチューバとの会話においても性的なことを話題にするのを嫌がる。サミュエルは、エリザベスとのセックスの際に「早く済ませたいとあせって」自分の着ているものは脱がず、エリザベスの着衣も脱がさない。エリザベスは、セックスのことを「いやなこと」「わたしたちの中に受け継がれているサタンのなごり」であると言い、セックスへの嫌悪を示している。[34]

ティチューバが獄中で知り合ったヘスターとその牧師である夫の場合、牧師は妻を嫌っているにもかかわらず四人の子どもを孕ませた。ヘスターもまた夫を嫌っており、嫌いな夫の子どもを産みたくないとして、妊娠中に多くの薬を飲んで、すべての子どもを堕胎している。夫がジュネーブに出張している間に、他の男性の子を身ごもるが、やはり堕胎しようとする。『緋文字』のヘスターは、愛人の子を産んだばかりに、「密通」Adulteryを表す「A」の字を記した上着を着用することが義務付けられ、『わたしはティチューバ』での獄中のふたりの会話でも「密通」が話題となっているが、ヘスターが子どもを持たない点が『緋文字』とは大きく異なる点である。
ブラウンミラーは、夫婦間のセックスについて次のように記している。

……力ずくで妻に性交を強要する夫が強姦罪の適用を免れていることは（中略）時代遅れも甚だしい。

……強制的な性行為は結婚における夫の権利ではない。そんな「権利」など、人間の平等と尊厳を欺くものでしかない。女が男と対等のパートナーであるとするなら、性行為は（中略）その都度夫と妻の間で承諾を交わした上で行われるべきものだ。[35]

このような解釈は、男女平等や人権の概念が浸透した現在において初めて生まれたものであるが、夫婦間の強制的なセックスを「強姦」と呼ぶことができるという指摘は重要だ。

---

［34］コンデ、前掲書『わたしはティチューバ』七五–七六頁。
［35］ブラウンミラー、前掲書、三〇四–三〇五頁。

『わたしはティチューバ』の舞台である一七世紀には、当然ながらブラウンミラーのような解釈は存在しないわけだが、白人夫婦間においても強制的なセックス（マリッジ・レイプ）が日常的に行われ、白人女性もまた隷属を強いられていたことであろう。『わたしはティチューバ』はそのことをはっきりと書き込んでいるのだ。そのうえ、「強姦」され、隷属を強いられる女どうしの、人種を越えた「シスターフッド」の関係も際立っている。女どうしの連帯が、日々の苦しみへの慰めと生きる意欲を、彼女たちに与えるのである。

マリーズは、熱帯の気候に耐えられない病気がちで、純粋でか弱い、夫に従属した白人女性像としてジェニファーとエリザベスを描く一方で、黒人女性であるティチューバを、強さや生命力の象徴として描いたと語っている。[36] アベナが夫のヤオと、ティチューバがジョンをはじめとする男性パートナーと奔放にセックスを謳歌するシーンが描かれていることにより、小説における白人女性が、隷属的な性役割を強要されていることが一層強調される。このように、『わたしはティチューバ』における「強姦」の対象は、白人女性にも向けられているが、それゆえ黒人女性との間に、「シスターフッド」的関係が築かれうるのである。マリーズが女どうしの人種を越えた連帯を書き込んでいることは注目に値しよう。

3. 女主人公による「抵抗」

(1) 逃亡奴隷生活

前節で逃亡奴隷について言及したが、『わたしはティチューバ』の前半部での主人公の状況は、逃亡奴隷のそれと似通っている。ティチューバの場合、家族離散後、奴隷主ダーネルにプランテーションから追い出され、その後養ってくれたマン・ヤーヤとの死別によって、人目につかないところでの自活を余儀なくされたのであった。だから、正確には自ら「逃亡」したわけではない。しかし、マン・ヤーヤとの死別から夫ジョンと暮らし始めるまでの間、ティチューバは「アウト・ロー」として一四歳から逃亡奴隷と同様の生活をはじめる。彼女は人目につかない場所を選んで掘立小屋を建て、庭を作り、どうにか自活する。ティチューバの逃亡奴隷のような暮らしは、畑奴隷ほどの過酷な労働に追われることはなく、また自由があったため、気楽な生活であった印象を受ける。

逃亡奴隷として暮らすことは、黒人奴隷は白人による保護・管理の下でしか暮らすことができないというパターナリズムを覆すものであるといえる。その意味で、少女時代のティチューバが「逃亡奴

[36] Françoise Pfaff, *Conversations with Maryse Condé*, Lincoln, University of Nebraska Press, 1996, pp. 63-64.

隷」のように生活することは、彼女が白人の保護なしでも暮らすことが可能な、主体的な存在であること、すなわち白人に対する一種の「抵抗」として示されている。アンチオープは、「逃亡とは、なによりもまず隷属を拒否し、自由に向かう奴隷の不屈の精神状態を言うのである」[37]と記している。少女時代のティチューバは、まさにアンチオープが意味するところの「逃亡」をし、白人社会への隷属を回避・拒否したのである。

その後、セイラムでの魔女裁判を経て、バルバドスに帰郷したティチューバは、この地の逃亡奴隷たちと関わりをもつようになる。もっともティチューバは、北米から帰郷する前に「奴隷解放証書」をユダヤ人奴隷主・ベンジャミンから渡され自由民になっていた。それゆえ、白人社会から隠れる必要はなかったし、むしろ逃亡奴隷と関わりをもつことは、自分の身を危険にさらす可能性があった。

また前述したように、逃亡奴隷たちは奴隷からも軽蔑される存在であった。ティチューバが逃亡奴隷のキャンプ地で暮らしていることに対して、霊として現れる母アベナは、「マルーンと暮らして、おまえは何をしているのかい？　あいつらは盗んだり殺したりばっかりする悪い連中なんだよ！」「あいつらは母親や兄弟たちを奴隷のままに残して、自分たちだけ自由の身で暮らすただの恩知らずの一団なんだよ」と、逃亡奴隷たちを非難し、ティチューバが逃亡奴隷のキャンプ地に留まっていることに反発する。[38]アベナの小言にもかかわらず、それでもなおそこに留まったのは、逃亡奴隷の女の出産を手助けしたことで、この上ない幸福感がティチューバを満たしたからであった。ティチューバが、キャンプ地のリーダーであるクリストファーと寝床を共にしていることに対し、当初はキャンプ地の女性から敵意を向けられるも、やがて彼女が薬草や魔術の知識によってキャンプ地の女たちの手助けをするようになると、しだいに彼女たちとの距離は縮まっていく。ティチューバは、授乳やお産といった女たちのケアを担うとともに、彼女たちとの会話を通じて楽しみや喜びを感じるようになるのであった。このように、ティチューバは、女たちとの連帯を深めることで逃亡奴隷のキャンプ地における自身の存在意義を見出していく。と同時にティチューバは、治療という形で逃亡奴隷たちの生活に加担し、間接的な形で白人社会に対する「抵抗」の一端を担っていたといえよう。

とはいえ、キャンプ地のリーダーであるクリストファーは、ティチューバの他にも何人もの愛人を抱え、不死身の存在になることだけに執念し、彼女をないがしろにする。自身の魔術に限界を感じたティチューバは、居場所を見失い、キャンプ地を去るのであった。

(2) 反発

ティチューバはその生涯の中で、スザンナ・エンディコット、サミュエル・パリス、ベンジャミン・コーヘン・ダゼヴェドの三人に奴隷として仕えているが、スザンナとサミュエルに対しては猛烈

[37] アンチオープ、前掲書、二〇九頁。
[38] コンデ、前掲書『わたしはティチューバ』二六四頁。

に反発していた。スザンナは、ティチューバを嫌悪し、常に命令口調で話し、時にはティチューバの存在自体を無視するような女主人であった。ティチューバは、自らが「この女［スザンナ・エンディコット］の望んでいるような人間に縮小された。つまり、嫌悪の念を起こさせる皮膚の色をした、のろまにすぎない[39]」のだと思い知らされたのである。

スザンナは、夫のジョンに命じてキリスト教の祈りの言葉をティチューバに教えさせ、スザンナ自らが聖書の教師役となって彼女を改宗させようとした。しかしティチューバは、キリスト教の祈りの言葉を口にすることに激しく「抵抗」し、拒否する。彼女にとって、自分の人生に何の関係もないと思われるキリスト教の祈りを口にすることは、耐えがたい精神的な苦痛だったのである。このティチューバのキリスト教への反発は、エメ・セゼールが告発した、「文明化」の名を借りた、西欧による植民地支配（「偽善的啓蒙」とも還元できる）に対する「抵抗」そのものだ[40]。

ティチューバの次の主人となるのがサミュエル・パリスである。牧師であるサミュエルは、高圧的で、またしてもティチューバとジョン夫婦に、キリスト教徒として振る舞うことを強制する。これほどまでにキリスト教の宗教実践がなされる背景には、「奴隷に対する宗教の奨励は奴隷主の義務であるだけでなく、それが働き手の士気を高め、彼らが提供するサーヴィスの質を高める点でもまた奴隷主の利益になる[41]」という考えが浸透していたからである。そして、黒人奴隷は生物学的にも文化的にも劣っているが、キリスト教の信仰によって、奴隷の魂を救済し、文明化する必要があるとされていたのである[42]。

パリス家では、キリスト教徒の日課として、その日犯した自分の罪を告白することをティチューバとジョンにも強要されるが、ティチューバはこれに我慢ができない。そして、「なぜ告白しなきゃいけないんですか？　わたしの頭の中や心に起こっていることは、あなたには関係ありません」[43]と言い放ち、サミュエルからの暴力に遭う。このように、自分が物を考える主体であり、それを口にするかどうかも自分次第なのだと断言しているようにみえる彼女の発言は、非常に興味深い。自らが主人のモノではないことを訴えているからである。女主人公ティチューバは、奴隷主に対しはっきりと反発を示して「抵抗」を行っていたのである。

[39] コンデ、前掲書『わたしはティチューバ』四六頁。
[40] エメ・セゼール「植民地主義論」『帰郷ノート／植民地主義論』砂野幸稔訳、平凡社ライブラリー、二〇〇四年。
[41] ウェッバー、前掲書、九〇頁。
[42] ウェッバー、前掲書、九〇頁。
[43] コンデ、前掲書『わたしはティチューバ』七四頁。

(3) 堕胎

ボストンでパリス一家とともに暮らしていたティチューバにとって、唯一の楽しみは夫ジョンとのセックスで、それは毎晩行われた。ティチューバは自分が妊娠していることに気づくが、それを夫にさえも打ち明けることなく、堕胎することを決める。子どもを産んで奴隷制社会で隷属を強いられる運命を与えるよりは、産まない方がましだと考えたからである。奴隷の女性による堕胎は、実際にはしばしば行われたようである。アンチオープは、彼女らが「自己の民族のひこばえを、屈辱や人間的堕落、人間として十二分生きられない人生に委ねるよりはと、決然として摘むことを選んだ[44]」と分析している。ティチューバの堕胎の動機はこれに通じるものである。ティチューバは、堕胎することを決めたとき、かつてバルバドスで見た堕胎について回想している。

> 奴隷には、母であることの幸せなどない。母になることは、運命を変える機会をもたない無邪気な赤ん坊を奴隷制と屈辱の世の中へ吐き出すこととたいして変わらなかった。子供時代を通じて、わたしは奴隷たちが赤ん坊の、まだねばねばしている感じの卵形の頭に長いトゲを刺しこんだり、毒を塗った刃物で臍の緒を切ったり、さもなければ夜、怒れる霊の出没する場所に捨てたりして赤ん坊を殺すのを見てきた。子供時代を通じて、わたしは奴隷たちが子宮を永久に不妊にし、裏に真紅の経帷子を張りめぐらした墓に変えるための薬や風呂、注入液の処方を教えあっているのを聞いてきた。[45]

ティチューバがどのような方法で堕胎したのかについては描かれていないが、堕胎する母親や堕胎を手伝う産婆は、当時嬰児を喰う魔女のイメージと結びつけられていたという。[46]さらに、白人社会の価値観を代表するキリスト教会は堕胎する奴隷の女性たちを糾弾する。堕胎する母親は、「自身の胎の子という実りを破壊し、自らの肉の肉、自らの血の血の命を失うおぞましき創造物」とみなされ、死刑に値するとされたのだった。[47]ティチューバによる堕胎は、未来の労働力としての赤子を白人社会に渡さないという、奴隷制に対する「抵抗」と、キリスト教会の独善的な規範に対する「抵抗」という二つの側面がある。だが、最善を考えての結果、堕胎を行ったティチューバは、生涯を通じて自分の子どもを殺したという罪悪感にさいなまれるのであった。

---

[44]　アンチオープ、前掲書、二二二頁。
[45]　コンデ、前掲書『わたしはティチューバ』、九〇頁。
[46]　大辻、前掲「奴隷制、魔女裁判とカリブの女性」二二六頁。
[47]　アンチオープ、前掲書、二二〇―二二一頁。大辻、前掲「奴隷制、魔女裁判とカリブの女性」二二五―二二六頁。

まとめ

黒人に隷属を強いる奴隷制への「抵抗」を、反乱、逃亡、面従腹背、「強姦」に対する抗い、反発、堕胎という点から考察してきた。これまでの議論を踏まえ、『わたしはティチューバ』における「抵抗」を、「男の抵抗」と「女に特有の抵抗」にあえてジェンダー化した分類を行う。それによって、いかに女性が、男性たちの「抵抗」から排除されていたのか、さらに「強姦」に対する「抵抗」や、堕胎という性に結び付いた「抵抗」を強いられていることについて整理しておきたい。

「男の抵抗」とは、イフィジーンの暴力行為による反乱や、クリストファーの逃亡奴隷のリーダーとしての「英雄的」な生き方——繰り返しになるが、これらはカリブ海男性作家たちの文学の原型とされている——を指す。これらの「抵抗」をいったんは「男の抵抗」として分類したが、もちろんこれらは女性であっても参加することが可能な「抵抗」である。しかし、暴力行為による反乱に加わるには、女は男に力ではかなわない[48]。また、逃亡奴隷として暮らすにしても、男のリーダーに性的に隷属することを強いられる。ブラウンミラーは、女たちが、第三の男からの「強姦」被害に遭うのを防ぐために、特定の男に保護されることを余儀なくされてきたと指摘したうえで、「女は男に全面的に所有された従属物であり、自立した存在ではなかった[49]」と述べている。

他方、「女に特有の抵抗」とは、まずは「強姦」に対する「抵抗」と、堕胎が挙げられるだろう。あかの他人であっても、夫婦間であっても、「身体構造上、オスにはレイプすることのできる能力があり、メスにはレイプを受けやすい弱さ[50]があり、女は自分の体を「強姦」から守り、抗う必要がある。女は性暴力という「強姦」を受けやすいという身体上の弱点を持っている上に、妊娠する可能性があり、「強姦」した者の子を孕むという最悪の事態を避ける必要がある。ブラウンミラーが指摘しているように、他の男からの「強姦」を避けるために一夫一妻制が生じたのにもかかわらず、夫婦間においても「強姦」が存在したことが『わたしはティチューバ』の中には描かれている。一方で、『わたしはティチューバ』の女性登場人物は、「強姦」の被害者であっても、人種を越えてその痛みを共有する者どうしとして友情を深め、「シスターフッド」的関係を構築する主体にもなれる。彼女たちは、性暴力の被害に遭う身体上の弱点はあるが、単なる無力な存在ではない。女友だちの受けた暴力に心を痛め、白人男性の支配する世界に対する明確な反発心を示す主体的な存在である。

この小説において、男たちが反乱や逃亡といった行動をとることで奴隷制の破綻、奴隷制からの解放を夢見るのに対して、ティチューバをはじめとする女たちは、それらの「抵抗」のいずれに加わろ

---

[48] 他方、女性であっても反乱の首謀者——例えば、ジャマイカの逃亡奴隷、グラニー・ナニーや、グアドループのソリチュード（第二章参照）——がいたことも忘れてはならない。
[49] ブラウンミラー、前掲書、一〇頁。
[50] ブラウンミラー、前掲書、五頁。

うとしても疎外される。それとは別に、女の奴隷は、「強姦」を拒んだり、堕胎するという女の性に結び付いた「抵抗」を引き受けなければならず、そうした女たちの「抵抗」においては、「二重の隷属性」——性暴力の被害、反乱からの疎外——がみられる。『わたしはティチューバ』は、史実に基づいた歴史小説ではなく、多分にマリーズの認識が反映されているが、女奴隷が男奴隷よりもさらに過酷な環境に置かれていたことを見事に描いている。マリーズ自身が語っているように、彼女が一七世紀の奴隷制を舞台とするこの小説を二〇世紀に書いたのは、ティチューバを犠牲にした男尊女卑、不寛容、偏見や人種主義という奴隷制を支えた価値観が今日においても残存しているからである。[51]

マリーズの執筆動機となったこれらが深刻な問題であることは間違いない。しかし、ティチューバは、単なる「犠牲者像」におさまりきらない。女奴隷であるティチューバを、モーハンティーが主張したように、哀れな犠牲者か、反乱などの「能動的抵抗」のリーダーかに単純化する誤り[52]に陥りそうになる。ところが、この想像力豊かな物語世界の中で、ティチューバは、自分でものを考え、「抵抗」を担う、女性たちと「シスターフッド」の関係を構築する自律的な存在である。あらゆる読者は、自律的な女主人公ティチューバの存在に希望を見出すだろう。

---

［51］ Pfaff, *op.cit.*, p.64.
［52］ モーハンティー、前掲書、三四頁。

第二章
『混血女性ソリチュード』における奴隷制への「抵抗」

はじめに

二〇一二年一一月、来日していたパトリック・シャモワゾーによる「カタストロフ」に関する講演を聞く機会に恵まれた。彼のいう「カタストロフ」とは、「科学的に予想不可能あるいは予想外に、想像力を超えて起こる可能性のあること」である。その特徴は、「想像できず、起こった時点で時間の流れが分断され、将来のことが予想不能となる出来事」であるとし、天災と人災に分けられるという。黒人奴隷制は、長期にわたる人災であり、啓蒙の時代に、「人間」が行った人類に対する罪に他ならないというのだ。

一八四八年の奴隷制廃止に際して、政府は植民者に対する補償を行ったのに対し、元奴隷たちはまったく補償を受けられず、自力での生活再建を迫られた。奴隷貿易と奴隷制、植民地化は、人類に対する罪であるのに、未だ罰せられていないし、何の補償もされていない。しかし、これらを通じた疎外に対する補償は、できないし、取り返しがつかないとシャモワゾーはいう。彼は、物質的な補償ではなく、「カタストロフを経験に変える」――亡くなった人に正義を返す、象徴として将来にかけて正義を返す――ことを提案する。これらの人類に対する罪を記憶化していくこと、亡くなった人びとの記憶をモニュメントなどの形で留めておくこと、そのような記憶装置の構築の重要性を説いている。

本章で扱うアンドレ・シュヴァルツ＝バルト（以下、アンドレ）の『混血女性ソリチュード』*La mulâtresse Solitude*（一九七二年）は、グアドループの史実上の人物、混血女性ソリチュードを題材に描いた小説である。グアドループにおいて、ソリチュードの物語はほとんど風化しつつあった。しかし、アンドレの『混血女性ソリチュード』は、商業的な成功こそおさめなかったものの、ソリチュードの物語を、グアドループの集団的記憶として再生させるにいたった。[1] 奴隷制廃止一五〇周年を記念して彼女を顕彰する像が建てられたことの背景に、この小説の影響があるのは疑いえない。

シャモワゾーが講演で述べたように、「亡くなった人びとに正義を返す」ために、彼らのモニュメントを作るというのは、過去に対する誠実な向き合い方であるといえよう。しかし、フランスの奴隷制に対して「抵抗」したハイチのトゥサン・ルベルチュールや、マルチニックのルイ・デルグレスは、奴隷制廃止一五〇周年を記念して、パリのパンテオンに祀られ[2]、近年には、グアドループのソリチュードもまたパンテオンに祀ることが検討され、話題となった。フランスの偉業として奴隷制廃止一五〇周年を祝賀し、フランス軍の「抵抗者」である彼／女らをフランスの「偉人」の眠るパンテオンに祀ることは、「抵抗」の国家的回収／政治的流用なのではないかという疑問が残る。

本章では、『混血女性ソリチュード』を、奴隷制に対する「抵抗者」たちの物語として読む。この作品にはどのような「抵抗」が描かれているのか、ありえた「抵抗」の形についてテクストの読解を通じて明らかにする。

まず、『混血女性ソリチュード』の作者、アンドレの略歴について紹介しよう。アンドレは、ポー

---

［1］Janine Klungel, “Rape and Remembrance in Guadeloupe,” in *Remembering Violence: Anthropological Perspectives on Intergenerational Transmission*, Nicolas Argenti and Katharina Schramm (eds.), New York, Berghahn Books, 2010, p. 49.

［2］Laurent Dubois, “Solitude’s Statue: Confronting the Past in the French Caribbean,” in *Outre-mers*, Tome 93, No.350-351, 1er semestre 2006, p. 34.

ランド系ユダヤ人を両親として、一九二八年五月、フランスのメッスで生を享け、一二歳までそこに暮らした。[3] 七人の男兄弟、一人の妹のいる大家族の中でアンドレは暮らしていたが、一九四二年、両親と二人の兄弟、そして大叔母が強制収容所に送られてしまい、彼らが再会することは二度となかった。[4] この喪失体験がアンドレに与えた影響は大きく、その後の彼の作品に共通するモチーフとなっている。一九五九年には、アウシュビッツを描いた小説『最後の正しき人』*Le Dernier des Justes* でゴンクール賞を受賞した。受賞後のインタビューでは、「私の母語は、イディッシュ語です。私はフランス語を道端や公立の小学校で学びました[5]」と答え、フランス語による創作をほぼ独学で学んだことを明かしている。一九六〇年、グアドループ出身の黒人女性シモーヌと結婚したアンドレは、妻に創作を勧めるとともに、自らも妻の故郷・カリブ海地域を舞台にした創作に取り組む。夫婦共作による『青いバナナと豚肉のお料理』*Un plat de porc aux bananes vertes* を経て、一九七二年に発表したのが、『混血女性ソリチュード』であった。

『混血女性ソリチュード』読解の前に、小説の歴史的背景を確認しておこう。序章でも触れたように、一七九四年二月、フランスの植民地で奴隷制が廃止された。しかしナポレオンはこれを翻し一八〇二年奴隷制復活を命じ、これに「抵抗」する元奴隷たちの鎮圧のために軍隊を送り込む。このとき、ソリチュードという混血女性が戦いに加わったとされている。彼女は妊娠していたが、勇猛果敢にフランス軍と戦った。結局、一八〇二年五月、奴隷制は復活する。身重のソリチュードは捕えられ、処刑が一時的に延期されるも、出産の翌日である一一月二九日に処刑された。[6] フランスの植民地で奴隷制が廃止されたのは、それから四〇年以上たった一八四八年のことである。

　この史実を下書きにした小説『混血女性ソリチュード』のあらすじは、次のようなものだ。物語は、主人公の母バヤングメイの暮らしていた西アフリカから始まる。奴隷狩りで捕まった彼女は、奴隷船上で白人水夫によって「強姦」される。バヤングメイは、奴隷船の行き着いたグアドループで、白人水夫の子を産むものの、「強姦」の記憶を思い起こさせる身体的特徴をもつ娘を愛することができない。ロザリーと奴隷主に名付けられた娘を置き去りにし、母は義足の恋人と出奔してしまう。農園に残されたロザリーは、両目の色の異なるオッド・アイや不気味な笑みが敬遠され、奴隷主によって、転売が繰り返される。一七九五年に奴隷身分から解放されるものの、元奴隷たちのキャンプ地で

［3］Jean Daltroff, “André Schwarz-Bart et la ville de Metz: mai 1928-avril 1940,” in *Présence Francophone*, No. 79, 2012, p.13.
［4］フランシーヌ・コフマン「アンドレ・シュヴァルツ=バルト――どこにも居場所を持たないユダヤ人」田所光男訳、『紋説』第三巻第一号、花書院、二〇〇七-八年、二頁（ウェブ版）。
［5］Daltroff, *op.cit.*, p. 13.
［6］Bernard Moitt, *Women and Slavery in the French Antilles, 1635-1848*, Bloomington, Indiana University Press, 2001, pp.125-130.

逃亡奴隷のような日々を送る。やがて、彼女は「ソリチュード」と自ら名乗るようになる。奴隷制復活をもくろむフランス軍に「抵抗」する一団のひとりに過ぎなかったソリチュードであったが、英雄的「抵抗者」デルグレスによる自爆テロで彼を含む多くの死傷者を出し、その結果、勇敢な彼女が反乱を率いることになる。しかし、一八〇二年五月、ソリチュードは身重のままフランス軍に捕えられ、出産の翌日処刑される。

『混血女性ソリチュード』の前半部は、女主人公が、母親の愛情を十分に受けることなく、見捨てられ、また奴隷主によって転売が繰り返され、自己否定を強いられる日々を描いている。女主人公が、そのような自己否定と疎外をいかにして乗り越えていくのかが、作品前半の重要なテーマとなっ

『混血女性ソリチュード』仏語原書
La mulâtresse Solitude
Éditions du Seuil

ている。

『混血女性ソリチュード』に関する先行研究は、二つのグループに大別できる。著者アンドレ自身がユダヤ人であり、強制収容所を描いた『最後の正しき人』で成功していたために、『混血女性ソリチュード』もまたユダヤ人の受難と重ねて論じる研究がある。[7] 他方、主人公の母バヤングメイに対して行われた中間航路での「強姦」に焦点化した研究もある。[8]

前章でも述べたように、奴隷船上での「強姦」は、カリブ海文学における重要なテーマである。子にとって母は恋しい存在であるが、「強姦」によって生まれた我が子を愛せない、むしろ疎ましく思うケースもある。このような母子間の愛情の不均衡は、第一章で取り上げたマリーズ・コンデの『わたしはティチューバ』にもみられた。

この小説の山場は、混血ゆえに黒人の間でも疎外されていた主人公が、逃亡奴隷の仲間から承認を

［7］ Bella Brodzki, "Nomadism and the Textualization of Memory in André Schwarz-Bart's *La Mulâtresse Solitude*," in *Yale French Studies*, No. 83, Volume 2, 1993, pp. 213-230. Kathleen Gyssels, *Filles de Solitude : Essai sur l'identité antillaise dans les (auto-)biographies fictives de Simone et André Schwarz-Bart*, Paris, L'Harmattan, 1996, pp. 95-107.

［8］ Klungel, *op.cit.*, pp. 47-50.

得て、反乱を率いるところであろう。反乱は、白人社会への「抵抗」の最も明確なあらわれであるが、これまでの研究では「抵抗」という要素についてはあまり焦点化されてこなかった。本章ではこの小説を、奴隷制のもとでの構造的暴力に「抵抗」する、ひとりの黒人女性の物語として読み解いていきたい。それとともに（ポスト）奴隷制社会の圧政に対する批判を読み取っていきたい。

1.「抵抗」へのめざめ

(1) めんどり殺し

『混血女性ソリチュード』の女主人公は、ある日、有毒なキャッサバの生の汁をめんどりたちに与え、家禽を苦しめながら殺す。『ニグロ、ダンス、抵抗』で知られるカリブ海の奴隷制史家、ガブリエル・アンチオープによると、奴隷制に対する「抵抗」として、奴隷たちは頻繁に家畜に毒を盛っていたという。[9] アンチオープは、「奴隷はこれを、主人の財産に直接打撃を与える方法だと考えていた」[10]と記している。家畜に毒が盛られる恐怖については、一九世紀のハイチを舞台とする、アレホ・カルペンティエルの『この世の王国』*El reino de este mundo*（一九四九年）のなかでも描かれている。ありとあらゆる食物に毒が盛られ、人びとは不信に陥り、さらに毒を食べた家畜の乳や肉を摂取しても死に至るのだ。

めんどりに有毒な生のキャッサバの汁を与えるソリチュードの様子をみてみよう。

ところで、ある日、深い考えもなく、彼女の両手は、生のキャッサバの汁をめんどりたちのかいば桶のなかに注いでいた。そして、めんどりたちは激しい苦痛の中ですべて息絶えていった。彼女はどのようにしてこのすばらしい偉業を、遠く離れた、ラ・スフリエール［地名］の高地にいる母に伝えられるだろうかと思いをめぐらした。[11]

白人の財産に打撃を与えた自らの「偉業」を、遠くにいる母親に伝えたいと考える主人公だが、そのあとすぐ彼女は、母もめんどり同様どこかで死んだかもしれないと思い直す。このめんどり殺しは、ソリチュードにとってのひとつの転換点となる。それまで自分を捨てて出奔した母親を恋しがっていた彼女が、このときにもはや母親は必要ではないこと、これからは自分一人で生きていかなければな

［9］ガブリエル・アンチオープ『ニグロ、ダンス、抵抗――17～19世紀カリブ海地域奴隷制史』石塚道子訳、人文書院、二〇〇一年、二一六頁。

［10］アンチオープ、前掲書、二一六頁。

［11］André Schwarz-Bart, *La mulâtresse Soliude*, Paris, Editions du Seuil, 1972, p. 72.

らないことを思い定めるのである。

めんどり殺しは、主人の財である家畜を殺す行為であるとともに、主人公の母との決別を象徴している。めんどりは逃げた母であり、めんどりを殺すことで母を罰し、めんどりのように母もまた野垂れ死んだことが暗示されているのではないか。女主人公が殺すめんどりが、卵を産む多産のメスの動物であることもまた「母親殺し」と関係しているだろう。とすれば、めんどり殺しは、母との決別であると同時に、主人公の精神的な自立を促すものとして描かれている。既に母の出奔によって頼るべき保護者を失っていた主人公ではあるが、めんどり殺しを通して自ら象徴的な「母親殺し」を行うことで、保護者なしでも、ひとりででもこの奴隷制社会を生きていこうとする存在へと成長するのである。以後彼女は、面従腹背やサボタージュといった労働の回避のほか、主人から与えられた名前を否定し、自ら名乗る主体的な人間となっていくのであった。

(2) 面従腹背とサボタージュ

ハイチ革命を舞台に設定したヴィクトル・ユゴーの『ビュグ=ジャルガル』*Bug-Jargal*(一八二六年)には、主人を楽しませる「道化役」の奴隷、アブビラが登場する。主人公ドーヴェルネは、伯父が所有する道化の奴隷、アブビラについて次のように語っている。

ぼくはこの奴隷が嫌いだった。この男の奴隷根性にはどこか卑屈すぎるところがあった。奴隷の身であっても不名誉なことにはならないが、召使いの根性を持つと人間は卑しくなる。着物も身につけず、鎖をつけたままの裸の姿で、朝から晩まで働きづめのあの気の毒な黒人たちを見ていると、ぼくは憐みの気持で胸がいっぱいになる。それにひきかえ、いろんな色の飾り紐をつけ、鈴をたくさんぶらさげ、おかしな衣装を着込んだあの醜い道化師、あの怠け者の奴隷を見ていると、ぼくの胸には軽蔑の気持しか起こってこなかった。[12]

このように、主人公には「卑屈すぎる」奴隷根性の持ち主と映っていたアビブラだが、実はそれは「面従腹背」に過ぎなかったことがのちに明らかになる。アビブラは、ハイチ革命の混乱に乗じて、「かわいがって」もらっていた奴隷主（主人公の伯父）を殺す。アブビラの奴隷主に対する考えは、先の引用、ドーヴェルネの見立てとまったく異なる。

「犬ころみたいにな！　そうさ！　あんなやり方で目をかけてもらったって、侮辱と同じじゃないか。あんな侮辱は忘れろったって忘れられるもんか！　おれはおまえの伯父を殺して仕返しをして

[12] ヴィクトル・ユゴー「ビュグ＝ジャルガル」『ヴィクトル・ユゴー文学館第七巻　アイスランドのハン／ビュグ＝ジャルガル』辻昶・野内良三訳、潮出版社、二〇〇〇年、二七二頁、傍点強調は筆者による。

やったんだ。今度はきさまの番だぞ！　いいか。おれが混血の醜い小男だからといって、人間じゃないとでも思ってるのか？　ああ！　おれにだって魂はあるんだ。きさまの魂よりも深くて強い魂がな！（中略）おれはあいつの慰み物だった。あいつは俺を軽蔑して喜んでいた。（中略）なるほど、あいつは心の隅におれの席をとっておいてくれた。あいつが飼っていたオマキザルやオウム並みの席をな。だから、もう一度あいつの心の中に入り直してやろうと思って、あいつの心臓をぐさりとやったんだ！」[13]

アブビラの主人殺しは、面従腹背からつながる「抵抗」の最も過激な現れといえよう。とはいえ、アブビラの「抵抗」は特殊なケースではある。第一章で述べたように、奴隷たちが暴力的手段をもって白人社会に「抵抗」することはあまりなかった。勝算があまりなく、またしばしば、他の奴隷の裏切り・密告によって計画が露見し、未遂に終わったからである。しかし、彼らが全く「抵抗」していなかったわけではない。彼らが頻繁に行っていた「抵抗」が、面従腹背であり、サボタージュである。

『混血女性ソリチュード』でもそのことが描かれている。主人公は、奴隷主の前では、よく訓練された犬のように命令に従う一方（面従）、主人がいなくなった途端、仕事を怠け（腹背、サボタージュ）、動かなくなったり、夢遊病者のようになったりする。彼女はあるとき、主人の娘の遊び相手として当てがわれるために購入される。その仕事は、畑奴隷のそれと比べるとないのも同然だった。奴隷主であるモルティエ氏やその娘グザビエールに気に入られ、娘と一緒にシャーベットを食べたり、昼寝をすることも許されたが、それでも彼女は、娘用に買い与えられた「玩具」に過ぎなかった。娘の機嫌を損なうと、小突かれることもある。やがて、女主人公は、体はまだ生きているが、魂はどこかへ行ってしまっている「ゾンビ」の状態になり、転売が再びされる。

何もかもに無関心を示すソリチュードの「ゾンビ化」した態度は、本人の意図的なものではないにしても、サボタージュの一形態として見なすことができるだろう。これによりソリチュードは、過酷な労働を少しは逃れたり、主人を性的に慰安する役割を免れている。

一九六〇年代末、合衆国のスレイブ・ナラティブを紹介したジュリアス・レスターは、『奴隷とは』*To Be a Slave*（一九六八年）において、サボタージュは「ならず者の仕業」と呼ばれ、奴隷がよく働いていてもそうでなくても彼らの境遇が変わらなかったことから横行していたと記されている[14]。サボタージュは、奴隷制度そのものを転覆させるようなものではなかったが、それでも奴隷制に対する「抵抗」としていくらかの有効性を持っていたと考えられる。

さて、『混血女性ソリチュード』の物語世界では、一七九五年に主人公はいったん奴隷身分から解

［13］ユゴー、前掲書、三七七―三七八頁。
［14］ジュリアス・レスター『奴隷とは』木島始・黄寅秀訳、岩波新書、一九七〇年、一一九頁。

放されることになっているが、作品世界のなかで、その後も圧政は続いている。女主人公はどのような形で、奴隷制に対して「抵抗」をするのか。そして『ビュグ＝ジャルガル』のアブビラの主人殺しに比すべき「反乱」に、いかにして至るのか。引き続きみてみたい。

2. 疎外の克服

(1) 名づけ／名乗り

この小説において、主人公とその母の呼び名は複数存在する。主人公の母の、アフリカでの名前はバヤングメイだが、グアドループの農園に来てからは「ボベットおばさん」「垂乳根の女王」と呼ばれている。他方、主人公は、奴隷主にロザリーと名付けられ、また別の奴隷主には、両目の色の異なるオッド・アイであることから「二つの魂」と名付けられる。しかし主人公は、奴隷主がつけた名前を否定し、孤独を意味する「ソリチュード」と自ら名乗る。「名づけ」ではなく「名乗り」。これは、エメ・セゼールの戯曲『もうひとつのテンペスト』*Une tempête*（一九六九年）の一節を想起させる。主人プロスペローから「キャリバン（人食い）」と一方的に名づけられた男は、その屈辱的な名前を拒否し、自らを何者でもないXだと名乗るのだ。彼はプロスペローに次のようにいう。

俺はもうキャリバンではなくなることに決めたんだ。（中略）つまり、キャリバンというのは俺の名前じゃないということだ。単純な話だ！（中略）そいつはあんたの憎しみが俺にまとわせた呼び名だ。その名で呼ばれるたびに俺は屈辱を感じるんだ。（中略）俺をXと呼んでくれ。そのほうがいい。いわば名前のない人間だ。もっと正確に言えば、名前を奪われた人間だ。（中略）あんたが俺を呼ぶたびに、俺は根本的な事実を思い出すだろう。あんたが俺からすべてを奪い、果ては俺のアイデンティティまでも奪ったことをな！　ウフル！[15]

『混血女性ソリチュード』では、新しい白人主人にクレオール語で名前を尋ねられた主人公は、「私の名前はソリチュード（孤独）です。[16]」と答える。

［15］エメ・セゼール「もうひとつのテンペスト——シェイクスピア『テンペスト』に基づく黒人演劇のための翻案」『テンペスト』砂野幸稔訳、インスクリプト、二二一–二二三頁。

［16］Schwarz-Bart, *op.cit.*, p. 75.　物語の後半部、元奴隷たちのキャンプ地で、人びとから「ソリチュード」と呼ばれている主人公であったが、マンディィゴ人の男サンガに本名を尋ねられ、一度は「ロザリーだ。『二つの魂』と呼ぶ者もいる」と返答する。しかし、男に「アフリカの名前を持たぬ者は、名無しと同じ」と言われた彼女は、反発を示している（p. 96）。

「ソリチュード」という名乗りは、『もうひとつのテンペスト』のキャリバン同様、主人からの呼びかけの否認と拒否の態度を明確に示している。それとともに、この皮肉めいた名乗りは、キャリバンのように、アイデンティティの回復行為として読むこともできる。また、孤独を意味する「ソリチュード」と自ら名乗ったのは、たったひとりでも何とかして生き延びるのだという強い意志の表れといえよう。さきの「めんどり殺し」のシーンで確認した主人公の精神的自立が、ここでも示されているのである。ただ、このように「ソリチュード＝孤独」を名乗った主人公であるが、のちには人びととの連帯を徐々に深めていくことになる。そこに強く作用しているのが「シスターフッド」の関係である。

(2) 疎外とその克服

『混血女性ソリチュード』の物語世界のなかでも、一七九五年に奴隷制廃止を布告する一団がグアドループにやってくる。これは喜ぶべきものであったが、以降グアドループでは白人の所有する農園が、元奴隷たちによって略奪や焼き討ちに遭うなどして大混乱に陥る。避難した元奴隷たちは、そこらにあるもので急遽掘っ立て小屋のようなものを作って暮らすことを余儀なくされる。そのときソリチュードは、「共和国と彼らが呼ぶ新しい世界には、ゾンビ［＝無気力な主人公］のための場所はないのだ」[17]という現実に直面する。このように、奴隷制廃止後も、主人公自身は「解放感」を味わうことなく、はっきりと疎外を感じていることがみてとれる。

主人公は、避難先のキャンプでもある男から「何しに来たんだ、この黄色の糞野郎[18]」と罵倒される。この「黄色」とは、もちろん混血（ムラート）である主人公の肌の色を指している。アンチオープによると、「植民地社会では、ムラートは一般原則としていわゆる『風紀を乱す雑種』のようにみなされた[19]」のだという。グアドループにおける「強姦」の記憶について調査した人類学者ジャニーン・クランゲルは、『混血女性ソリチュード』について、主人公ソリチュードは「強姦による受胎と混血の結果が、他の奴隷たちからの不信や疎外を招いているのだと徐々に理解する[20]」と述べている。「黄色の糞野郎」という、混血を詰る暴言は、主人公の社会的疎外を最も端的に表しているといってよい。奴隷船の上で「強姦」された母から生まれ、その母にも見捨てられ、奴隷たちのキャンプにおいてもつまはじきに遭う主人公は、どのようにして疎外を克服していくのだろうか。

ソリチュードは、元奴隷たちのキャンプから毎日森に通い、薬草や有益な植物を育て、その知識をもって人びとを癒すようになる。これらの知識は、共同体の（男性ではなく）女性に受け入れられ、

[17] *Ibid.*, p. 81.
[18] *Ibid.*, p. 88.
[19] アンチオープ、前掲書、一四〇頁。
[20] Klungel, *op.cit.*, p. 49.

主人公は彼女たちとその知を共有する。ソリチュードは、「ケンボワズーズ」と呼ばれる一種の魔女のような存在となる。彼女は、薬草の知識で人びとを癒し、病を治し、共同体に良い影響を与えた。混血ゆえに元奴隷たちの同胞からも疎外されていたソリチュードであったが、植物相に通じ、女性たちと交流を持つことで、共同体に受け入れられ、社会的承認を得るに至ったのである。ここに「シスターフッド」の成立を見ることができよう。この小説の中では、薬草や植物の力で人びとを癒すことしか描かれていないが、ソリチュードのような魔女とみなされる女性は普通、分娩や堕胎、避妊、不妊の治療など性や生殖に結びついた仕事にも携わっていた。[21] この点は、『わたしはティチューバ』のティチューバや、第三章で取り上げる『奇跡のテリュメに雨と風』の主人公テリュメと共通する。彼女たちと同じく、ソリチュードは、女性の身体にまつわる知識を教えることで、周囲の女性たちと良好な関係を築き、尊敬されるに至ったと考えられる。

反対に、今度はソリチュードが、キャンプの女性たちからアフリカのダンスを学ぶ。しかしこのとき、どんなに努力しても、自分にとってアフリカのダンスが馴染みのないように思われるのだ。うまく踊ったり、女友だちの所作を真似することができない。これは、ソリチュード自身がアフリカと切り離され、アフリカ的価値観を既に喪失していることを示している。前述したように、ソリチュードはグアドループで生まれ、母からアフリカ的価値観や伝統について教わることなく――しかも、自身を置き去りにして育児放棄されて――社会に放り出された結果として、このキャンプに行き着いたからである。そのようなソリチュードだが、やがて、キャンプ地での共同生活を通して、アフリカに対する知識も深めていく。

序章でも触れたように、ダンスは奴隷たちにとって特別な意味を持っていた。アンチオープは、奴隷たちにとってダンスが、「奴隷を奴隷でない存在として識別しただけではなく、彼ら自身が自由を回復するための手段とする可能性を拓」くものであり、「ダンスによって日常から断絶し、隷属的状況を忘却することができた」ものであったと述べている。[22] ソリチュードが教わるダンスは、隷属的状況に対する「抵抗」の一つであり、そして彼女の喪失していたアフリカ的文化の回復の試みであったと考えられる。

植物相の知識の共有あるいはアフリカの伝統的価値観や所作の共有を通した相互の承認には、「シスターフッド」の関係が大きな力を果たしていることがわかる。女性たちとの関係を構築したソリチュードは、もはや「孤独」ではないのである。

---

[21] ジュール・ミシュレ『魔女（下）』篠田浩一郎訳、岩波文庫、一九八三年、八-九頁。
[22] アンチオープ、前掲書、二二九-二三〇頁。

3.「抵抗運動」

作品世界において、最初の奴隷制廃止がなされた一七九四年から奴隷制が復活される一八〇二年までの間、元奴隷たちと奴隷主あるいはフランス軍との戦闘状態が続いている。元奴隷たちは、プランテーションから略奪をしたり、そこを焼き討ちにしたりしていたが、捕えられた元奴隷たちは、再び強制的な労働が課せられたり、ギロチンにかけられて処刑されている。これに対し、元奴隷たちは小規模の一団を作り、軍事的な「抵抗」すなわち反乱を行っている。反乱は最初男性の登場人物によって指揮がなされていたが、男性リーダーであるサンガの死や、史実にもあるルイ・デルグレスによる多くの死傷者を出した自爆テロが描かれ、やがて勇敢なソリチュードが拠点を移しながら反乱軍の一団を率いるようになる。かつて疎外されていた一人の混血女性が、元奴隷たちのリーダーになったのである。しかし戦いを経るうち、ソリチュード率いる一団は、三人のコンゴ人とトゥピとメデリスという名のふたりの黒人女性にまで縮小する。

第一章でも述べたように、暴力的手段を用いた「抵抗」においては、男が中心的役割をにない、女は（ティチューバのように）そこから疎外されることがほとんどであった。この点で、ソリチュードの反乱という「抵抗」は、特殊なものであることを指摘しておきたい。

彼女らは植物が育たないようなところで暮らしていたので、家畜や農作物を略奪していた。当然ながら略奪は、文字通り白人の財を減らし、白人農園主に直接的な打撃を与える行為である。ソリチュードたちは、略奪したものでご馳走を食べる。ソリチュードらの略奪行為は白人に何度か見つかり、彼女らを捕まえるための罠が仕掛けられるなど、街中を震え上がらせる伝説のような存在となってい く。ソリチュードたちは、略奪行為で単に白人の財を奪うだけでなく、彼女たち自身が、白人に恐怖を与えうる存在として立ち現れることに成功するのである。

ソリチュードらは硫黄の臭いのする大洞窟での生活に疲弊し、死者の霊に悩まされると信じられる森へと生活の拠点を移す。死者の一人の男マイムニと親しくなったソリチュードは、彼にいくつかのクレオール語や島の慣習を教え、今度はマイムニがアフリカを知らない彼女に、いかにして白人に奴隷として売られ、手ひどい仕打ちにあったのか語る。以前はアフリカのダンスが自分には馴染みのないようなものに思われたソリチュードも、彼のアフリカの所作を学びアフリカを知ろうとするのである。

ソリチュードは仲間らを率いて鉈を振り回し、「生きるか死ぬかだ」と叫びながらフランス軍と戦う。彼女たちはフランス軍を後退させることに成功し、一度は彼女らの勝利が発表されるも交戦は続き、ソリチュードの恋人であるマイムニは息絶える。マイムニの子を身ごもった身重のソリチュードは負傷するが、トゥピとメデリスにアロマオイルで腹をマッサージしてもらうなど、女性の仲間の支えがあって持ちこたえる。奮闘のかいなく、ついにフランス軍に捕えられたソリチュードは、死刑判決が言い渡されるも、他の者たちがギロチンや絞首台で次々と処刑されているなか、身重であった彼女は例外だった。ソリチュードは死刑が宣告されたが、将来奴隷となる赤子の誕生を待って、その死刑が執行されたのであった。[23]

『混血女性ソリチュード』の女主人公は、中間航路での母に対する性暴力の結果生まれ、白人社会による構造的暴力（＝広義の「強姦」）への「抵抗」のさなか、処刑という形で非業の死を遂げ、まさにクランゲルが述べているように、史実同様「強姦によって生まれ、強姦によって死んでいった」[24]人物として捉えられる。史実といっても、ソリチュードに関する記録は皆無に等しく、彼女が奴隷船上」での「強姦」の結果、混血児として生まれ、勇猛果敢で知られ、出産の翌日処刑されたこと以上のことは不明である。それゆえ、アンドレは、その大部分を彼の「即興」によって創作することになった。[25] そのアンドレによる小説化を契機に、ソリチュードの記憶は発掘され、グアドループの集団的記憶として再生されるに至ったのである。

まとめ

『混血女性ソリチュード』には、奴隷制に対するどのような「抵抗」がみられるのか考察してきた。女主人公が行ってきためんどり殺し、サボタージュ、名乗りといった「抵抗」は、単なる憂さ晴らしや労働の回避といったことから、自らのアイデンティティに関わるものへとより複雑で高次な性質を帯びてきている。そして、植物相に通じたソリチュードがキャンプ地の女性たちの尊敬を集め「シスターフッド」の関係を構築し、一団を率いるリーダーとなって略奪や反乱を行うときには、奴隷制に対する「抵抗」ばかりでなく、彼女の社会的疎外の克服も描かれているのである。

この物語が単なる英雄譚以上の価値を持つのは、白人支配への「抵抗」の物語であるとともに、奴隷制という人類の取り返しのつかない過去を生き、疎外された人間が、同じような境遇にある人々との連帯を通じて、自己回復をしていく様子を見ることができるからではないか。「英雄」としてのソリチュードの「抵抗」は、確かに目立ちやすいものの、そこに至るまでに、彼女が奴隷の女としてさらされていた構造的暴力が示され、そして同時に、そのような構造的暴力への「抵抗」も描かれているのである。それゆえ、この物語は奴隷制の「強姦」の記憶装置として機能しているのだといえよう。

[23] Arlette Gautier, *Les sœurs de Solitude : La condition féminine dans l'esclavage aux Antilles du XVII*^{e} *au XIX*^{e} *siècle*, Paris, Éditions Caribéennes, 1985, p. 251.
[24] Klugel, *op.cit.* p. 44.
[25] Dubois, *op.cit.*, p. 33.

第三章

『奇跡のテリュメに雨と風』における「シスターフッド」

はじめに

本書でこれまで見てきた二つの作品がそうだったように、カリブ海を舞台とする小説では、黒人女性が奴隷船の上で「強姦」にあうという題材がしばしば取り上げられている。また、その「強姦」の結果生まれた子どもを愛することができず、母親が行方をくらませるというテーマも多い。母親を失った子どもは、祖母を中心とした女たちによって養育される。成長する中で、食べ物を分かち合い、女性の身体にまつわるケアをしたりするのも、女性どうしの友情や連帯がベースとなっている。ここでの男性登場人物の影は薄い。

シモーヌ・シュヴァルツ＝バルト（以下、シモーヌ）の『奇跡のテリュメに雨と風』*Pluie et vent sur Télumeé Miracle*（以下、『奇跡のテリュメ』と略す）（一九七二年）は、女性どうしの愛情や友情で結ばれた、「シスターフッド」の関係を描いた小説として読める。母の出奔により、祖母やその友人で魔女であるマン・シーアによって養育された女主人公テリュメは、祖母らとの共同生活で培った知恵を後半生の糧とする。

この小説の舞台となるのは、作者シモーヌが幼少時代を過ごした場所でもあるグアドループである。ここは、どのような場所なのだろうか。女主人公テリュメの独白から始まる作品の冒頭をみてみよう。

> 国はたいてい人の心次第。心が小さければ国も極めて小さいし、心が大きかったら国も広大。私は自分の心が大きいとは言えないが、決して自分の国の狭さに悩んだことがない。もし誰かが再び選ぶ能力を私に与えてくれたら、まさにここ、グアドループで再び生まれ、苦しみ、そして死にたい。そう遠くない昔に、私たちの祖先が奴隷であった、この火山の、台風のある、蚊のいる、いやなこの島。しかし、私は世界の悲しみをはかるためにこの世に生まれてきたのではない。死が私に訪れて、夢の中で私のすべてを取り去っていくときまで、私と同じ年の他の女性たちのように、庭に立ち、何度も夢見ることを好む。[1]

カリブ海に位置する、蝶々の形をしたこの小さなグアドループ島は、近隣の島マルチニックとともに、かつてフランスの植民地であった。ここにまだ幼かったシモーヌは職業軍人の父と小学校教師の母とともに移り住む。父も母も、グアドループ出身の黒人であった。一人っ子のシモーヌは、ファノットと呼ばれていた老女の家を頻繁に訪れ、ファノットによる口頭伝承に早くから触れていた。ファノットが語ってくれた様々な民話や伝説は、幼いシモーヌの想像力を育んだであろう。また同時にそれは、グアドループで生きてきた黒人女性の価値観を彼女に伝えるものでもあったであろう。やがて成長した彼女に、転機が訪れる。グアドループの中心地、ポワンタピトルで中等教育を終えた一八歳のシモーヌは、当時のカリブ海の知識人同様、大学受験のためにパリへと向かう。[2] シモーヌは、パリ時代を回想し、次のように語っている。

---

［1］Simone Schwarz-Bart, *Pluie et vent sur Télumeé Miracle*, London, Bristol Classic Press, 1998, p. 1. 本書では、この版を使用した。

［2］Alfred Fralin and Christiane Szeps, "Introduction," in *Pluie et vent sur Télumeé Miracle, London,* Bristol Classic Press, 1998, pp. vii-viii.

パリは、すべての扉が閉ざされた銀行のように思われました。敵意のある世界です。私たちのところでは、扉はすべて開かれていて、私たちは共同生活をしているのです。(中略)私が自分の文化を意識するようになったのは、フランスにおいてです。私は確かにフランス人ではなかったのだと気づいたのです。私が黒人であることを発見したのは、パリにおいてです。[3]

シモーヌの語る黒人ゆえの疎外と、黒人としての自己発見についての告白は、マルチニック出身の精神科医・作家フランツ・ファノンが記した『黒い皮膚・白い仮面』*Peau noire, masques blancs*(一九五二年)を思い起こさせる。その書物では、ファノン自身が実体験した人種的疎外が紹介されている。彼によれば、「故郷に留まるかぎり、黒人は些細な内輪の争いの際を除けば自己の対他存在を意識する必要がない」[4]が、本土に渡るやいなや、「白人のまなざしと対決する羽目」[5]になるのだ。ファノンが感じたのと同じような疎外体験を、シモーヌもまた味わっていた。そしてそれが彼女の作品創作の重要なテーマとなった。彼女は故郷グアドループを舞台に、疎外された黒人たちを描いていくことになる。

シモーヌは、パリでの生活にカルチャーショックを受けながらも、フレンチカリビアンの集うコミュニティに支えられながら法学を学んでいた。一九五九年、シモーヌは、『最後の正しき人』*Le Dernier des Justes*(一九五九年)でゴンクール賞を受賞したポーランド系ユダヤ人作家、アンドレ・シュヴァルツ=バルトと出会う。一九六〇年に結婚した二人は、世界各地を移り住むなか、二人の息子にも恵まれる。スイスにあるローザンヌ大学で文学を学んでいたシモーヌだが、夫はいち早く妻の文学的才能を見出し、彼女に創作を勧める。他方、アンドレもまた、カリブ海を舞台とする小説の創作に着手するのであった。夫婦共作で『青いバナナと豚肉のお料理』*Un plat de porc aux bananes vertes*（一九六七年）を出版した後、夫のアンドレは、一八〇二年にグアドループで起こった史実を題材にした小説を世に出す。第二章で論じた『混血女性ソリチュード』*La mulâtresse Solitude*（一九七二年）である。先述したようにこの作品は、失われかけた英雄ソリチュードの物語を、集団的記憶として再生することに成功した。一方、『混血女性ソリチュード』と同年に発表された、妻シモーヌの『奇跡のテリュメ』は、女性雑誌『ELLE』の女性文学賞を受賞し（一九七三年）、クレオール語の口承性を活かした文体が高く評価された。英語圏においてフランス語学習教材としても広く読まれている。[6]

［3］*Ibid.*, p. viii.
［4］フランツ・ファノン『黒い皮膚・白い仮面』海老坂武・加藤晴久訳、みすず書房、一九九八年、一二九頁。
［5］ファノン、前掲書、一三〇頁。
［6］Fralin and Szeps, *op.cit.*, pp. xiii-xiv. Bridget Jones, "Introduction," in *The Bridge of Beyond, London*, Hineman, 1982, pp. XV-XVIII.

シモーヌとアンドレのシュヴァルツ＝バルト夫妻。1967 年撮影。
夫妻が手に持っているのは共作した『青いバナナと豚肉のお料理』である。
© gettyimages (Photo by KEYSTONE-FRANCE/Gamma-Rapho via Getty Images)

作者シモーヌによれば『奇跡のテリュメ』は、子ども時代に、グアドループに伝わるコントやことわざ、歌、さらには人生観について聞かせてくれた老女ファノット（一九六八年に死去）に対するオマージュとして書かれた作品であるという。[7] また、この作品は「クレオール語のエスプリが伝わるように」、いったんクレオール語で書かれ、それをフランス語に置き換える作業を通じて創作された。[8]『奇跡のテリュメ』はいわば、ファノットの死を機に、子ども時代に彼女から教わったクレオール口頭伝承を保存し、再話するための物語なのである。

『奇跡のテリュメ』は、グアドループのルガンドゥール家という架空の女系一族を描いた小説である。物語のスパンは、奴隷制廃止のあった一八四八年から海外県化（一九四六年）後の約一〇〇年間に設定されている。[9]はじめにルガンドゥール家の系譜に沿って梗概を説明しておきたい。

その系譜は、ミネルヴという元奴隷の女性にまでさかのぼる。残酷な奴隷主から解放されたミネルヴは、ひとまず腰を落ち着けた地で、グアドループの南にある「ドミニカから来た男」の子を身ごもるが、男は行方をくらましてしまう。しかし、ザンゴという男が父親代わりとなって、子どものトゥシーヌを愛情深く養育する。成長したトゥシーヌは、漁師のジェレミーと結婚し、女児の双子をもうけた。その幸せな家庭生活は周囲の羨望の的となっていたが、双子の一人を火事で失う。哀しみのどん底にいたトゥシーヌとジェレミーであったが、二人の間にヴィクトワールが誕生する。このヴィクトワールの娘こそ本書の主人公テリュメである。夫亡きあと、「孤独を切望していた」トゥシーヌは、魔女である友人、マン・シーアのいる人里離れた地に移る。ところがヴィクトワールは、カリブ族の恋人とドミニカに出奔するのに、娘のテリュメをトゥシーヌに預けることを思いつく。祖母と魔女に

［7］Fralin and Szeps, *op.cit.*, p. x.
［8］*Ibid.*, p. ix.
［9］Mariella Aïta, *Simone Schwarz-Bart dans la poétique du réel merveilleux : Essai sur l'imaginaire antillais*, Paris, L'Harmattan, 2008, p.44.

育てられることになったテリュメは、家政術だけでなく、教訓譚や妖術も習得していく。成長したテリュメは、幼馴染の男性であるエリーと暮らすが、その暴力が原因で、関係は破綻する。その後、彼女はアンボワーズという男と慎ましく暮らしていたが、労使交渉の代表に担ぎ出された彼は、その最中に事故死する。その後、子どものいなかったテリュメは、ソノールという養女を引き取る。しかし、同棲相手のメダールに、養女を拉致されてしまう。養女を拉致され、後裔を失ったテリュメだが、共同体の若い人びとに、奴隷制の記憶や妖術の知識を伝授する存在になることが結末で暗示されている。

先に触れたように、カリブ海を舞台とした小説において、主人公が母親以外の人物に養育されるという設定はめずらしくない。それが祖母などの肉親である場合もあれば、乳母や女中が主人公のケアを担う存在として登場する作品もある。例えば第四章で論じるマリーズ・コンデの『移り住む心』*La migration des cœurs*（一九九五年）が後者で、その女主人公は混血の中産階級であるが、そこには母親代わりとなって彼女を養育した乳母や、一種の同性愛的感情を抱くほど女主人公を愛する女中が存在する。

『奇跡のテリュメ』に関する先行研究では、家庭における男性の不在が顕著であるのとは対照的に、強固な女性どうしの関係がみられることが既に指摘されている。カスリーン・ギッセルスは、その著書『ソリチュードの娘たち』*Filles de Solitude*（一九九六年）のなかで、シュヴァルツ＝バルト夫妻の作品群における母系の系譜について論じている。ギッセルスは、母系の系譜が、「母親の入れ替え」

に象徴される形で維持されることを述べながら、その文学的効用について、次のように論じている。母は、「権力のスポークスマン」であり、「したがって、女性の主体は、植民地の秩序の陰謀家であろうが、疎外のシステムへの反逆者であろうが、母から自らを切り離さなければならない」[10]。そのような「生物学上の母親の欠如」の埋め合わせをする存在として、献身的な祖母の姿が描かれているというのだ。[11] また、『奇跡のテリュメ』とジーン・リースの『サルガッソーの広い海』*Wide Sargasso Sea*（一九六六年）を対象にした、ロニー・スカーフマンの研究では、両テクストの「母親化」、つまり女児による母親役割の内面化が論じられている。スカーフマンによれば、「母親の姿は、最初の外的な鏡であり、やがては内面化され、女児は自らのアイデンティティを見出すために母をのぞきこむようになる」[12]という。スカーフマンはさらに、主人公を養育する祖母の存在が、主人公の自我の形成に極めて重要な役割を果たしていることを繰り返し述べている。

[10] Kathleen Gyssels, *Filles de Solitude : Essai sur l'identité antillaise dans les (auto-)biographies fictives de Simone et André Schwarz-Bart*, Paris, L'Harmattan, 1996, pp.65-66.
[11] *Ibid.*, p. 63.
[12] Ronnie Scharfman, "Mirroring and Mothering in Simone Schwarz-Bart's *Pluie et vent sur Télumée Miracle* and Jean Rhys' *Wide Sargasso Sea*," *Yale French Studies*, No. 62, 1981, p.89.

母親との別れは、女主人公テリュメにとって、たしかに非常につらい喪失体験であっただろう。しかし、祖母や魔女マン・シーアとの暮らしは、母ヴィクトワールと暮らすよりも、はるかに楽しく、その後の人生の糧になりえたと考えられる。というのも、ヴィクトワールはまだ「恋愛中」であり、母と暮らせば、恋人が変わるたびに環境も変わることが予想されるし、働き盛りの彼女は、養育だけでなく、仕事もしなければならない。他方、祖母らはというと、恋愛からも仕事からもリタイアしており、テリュメの養育のための時間的・精神的ゆとりがあるのだ。そして、魔術さえ伝授することができる。これまでにみてきたティチューバ、ソリチュード同様、主人公テリュメもまた女性の日常生活や身体に役立つ妖術に通じるが、これを西洋近代的な価値観への否定ないしは「抵抗」とみること

『奇跡のテリュメに雨と風』仏語原書
Pluie et vent sur Télumeé Miracle
Éditions du Seuil

もできよう。

さらに、母に代わって子どもの養育を担ったのは、何も祖母に限らない。石塚道子や大辻都によれば、カリブ海世界では近代的な家族制度が成立しにくく、「カーズ」と呼ばれる移動可能な小屋や庭に集まる緩やかな集団で、血縁家族に依らない疑似家族を形成する傾向があった。[13]さらに、風呂本惇子は、女主人公テリュメが学ぶ、共同体における女性どうしの関係について、「コミュニティの女たちは幸せな者を妬んだり批判したりはするが、誰かが朽ち果てそうなときは精一杯の支援を送る。この連帯が人を生き延びさせるのだ[14]」と論じ、血縁以外の女性との連帯の可能性を示している。西成彦は、マリーズ・コンデの作品の魅力を、「『性関係の可能性に無限に開かれた性』と『夫であれ子であれ姉妹であれ主人であれ同性の友人であれを子どものようにいたわり、養育する性』の交わる点にこ

---

[13] 石塚道子「クレオールの才覚あるいは変化自在空間の思想」『現代思想　特集クレオール』一九九七年一月号、青土社、一九〇–一九九頁。大辻都「クレオールのアレゴリー、自己翻訳、名づけの拒否――シモーヌ・シュワルツ＝バルト『奇跡のテリュメに雨と風』」『日本フランス語フランス文学会関東支部論集』第一三号、二〇〇四年、二三〇–二三一頁。

[14] 風呂本惇子「もうひとつの世界を知る女たち――シモーヌ・シュワルツ＝バルトの描くグアドループ」『黒人研究の世界』黒人研究の会編、青磁書房、二〇〇四年、三四八頁。

そ『女性』を見出すこと」だと論じているが[15]、他者をわが子のように慈しみ、養育する点は、シモーヌの『奇跡のテリュメ』にも共通してみられる。

『奇跡のテリュメ』に関する先行研究では、祖母や共同体の人びととの連帯の可能性が主に示されてきたといえるが、ここでは養育を通した女性どうしの関係が、主人公の自己肯定にどのように結びつくのかに主眼をおき、その「シスターフッド」の関係の可能性を探りたい。同時に、作品の舞台となるカリブ海のポスト奴隷制社会が、人びとをいかに抑圧し、一方でそれを乗り越えるための知恵が女性たちの間でいかに継承されていたのか、テクストの読解を通して明らかにしたい。

1. 母になるとは

「女性の自己実現のために、母になることは必要か[16]」という問いが存在する。腹を痛めて出産し、授乳して、子どもを育て上げることは、一人の女性として生きることに本当に不可欠なのだろうか。

『奇跡のテリュメ』の主人公は、子どもを持つことができない。年頃になったテリュメは、幼馴染のエリーと暮らし始める。しかし、そのエリーは、今ならばドメスティック・バイオレンス（DV）と呼ばれるであろう、手ひどい暴力でテリュメを打ち、賭博や飲酒、浪費に耽溺する。この夫エリーの人物造形を的確に捉えたのがマリーズ・コンデである。グアドループとマルチニックの文学作品や口頭伝承にみられる人種やジェンダーのステレオタイプについて考察した彼女の博士論文には、『奇跡のテリュメ』のことも取り上げられている。その中でコンデは、ルガンドゥール家の女性たちを他の人びとと比較して、次のように記している。

ルガンドゥール家の女たちは、彼女たちの夫らの凡庸さとまた周囲の人びととの対照をなしている。ラバンドネ、フォン・ゾンビ、ラ・レネ［＝いずれも『奇跡のテリュメ』に登場する地名］などは、力も希望もない人たちの住む場所であり、悲運と絶望の重さの下に押しつぶされている。他人に対するひどい憎しみに満ち、妬み深く、どうしようもなく不幸であるということだ。[17]

「凡庸さ」。ルガンドゥール家の女性にかかわる男たちは、この語に象徴される。また、コンデは後

［15］西成彦「アンティール文学と女性作家たち」『越境するクレオール――マリーズ・コンデ講演集』マリーズ・コンデ、三浦信孝編訳、岩波書店、二〇〇一年、七九頁。

［16］上野千鶴子『新装版 女という快楽』勁草書房、二〇〇六年、一〇四頁。

［17］Maryse Condé, *Stéréotype du noir dans la littérature antillaise Guadeloupe – Martinique*, thèse pour obtenir le grade de Docteur de l'Université Paris III, 1976, p.137.

に、カリブ海の男たちは「去勢された」存在であると述べている。コンデのいう「去勢された男」とは、「奴隷貿易と抑圧に苦しめられ、一人前の大人としてではなく子ども扱いにされ、去勢され、男らしさを否定されてい[18]」た黒人の男たちを指す。捨て鉢な生き方をし、家庭を顧みることもないエリーは、「去勢された」黒人男性の典型として描かれる。その一方で、そんな彼に惹かれる女性として、レティシアという名前の女性が登場し、テリュメにこう言い放つ場面もある。

私の可愛い子ちゃん、あんたはエリーにとって、あこがれのサトウキビなのよ。だけどあんたは自分の蓄えている汁で彼をいつも満足させているかしら？　あんたの味に嫉妬しているわけではないけど。[19]

レティシアは、少女時代からエリーを慕っており、女主人公に彼を性的に満足させているのかを問う挑戦的な言葉は、テリュメに呪いのようにつきまとう。なお、シモーヌは、作品において直接的な性描写はしない。この点は、マリーズ・コンデと対照的といえよう。

ところで、「不感症」や「多感症」といった性的満足の有無は、パートナーと過ごす寝室の問題にひとまず限定されるが、不妊という体質は、家族をも巻き込む。テリュメの生涯を語る上で看過できないのが、彼女の不妊体質である。それを象徴するのが、変身術をめぐるエピソードだ。

テリュメは、祖母や魔女との共同生活のなかで、変身術も習う。しかし、悪魔祓いや他の妖術は習得できたが、変身だけはどうしてもできないのだ。変身術がまさしく伝授されている場面をみてみよう。

しかしながら、彼女［＝マン・シーア］がまさしく変身術のコツを私に明かそうとするたびに、何かが私をそのままにし、二つの乳房を持つ女である私の姿を、獣や空飛ぶスクニャン［＝伝説上の怪物］に取り換えるのを妨げ、そこで私たちはやめたものだった。[20]

変身術を習得できないというテリュメの妖術の限界は、他の動物に姿を変えられないということ以上に、一人の女性として子を宿し、母になるという変身が遂げられていないことを示している。一方、既に一人の子を抱えた母親に中絶を依頼されるも、処置を受けた後になおも死なずに生まれた子こそテリュメがのちに養女にするソノールであり、不妊体質のテリュメと生命力の強さを象徴するソノ

---

［18］マリーズ・コンデ『越境するクレオール――マリーズ・コンデ講演集』三浦信孝編訳、岩波書店、二〇〇一年、五六頁。
［19］Schwarz-Bart, *op.cit.*, p.77.
［20］*Ibid.*, p. 110.

ールの姿は、対照的なものとして描かれている。

テリュメは、不妊体質であり、生物学的に「母になる」ことができない。養女ソノールを迎えて社会的に「母になる」ことができたかと思うと、その養女は連れ去られてしまう。つまり、テリュメは、結局「母」になれず、自らのあとを託すべき後裔を得られないのだ。

したがってルガンドゥール家の系譜は、テリュメで途絶える。しかし、このことは、テリュメが祖母やマン・シーアなどの先の世代から継承したものが途絶えることを意味しない。テリュメは自らの子にそれを伝えることはできないものの、別の形で受け継いだものを後の世代へ手渡すことになるのだ。テリュメが手渡すもの――それは、グアドループで女たちがいかに生きていくか、その方策に他ならない。そしてそこには、奴隷制の記憶を継承し、白人による黒人支配の現実を直視することも含まれている。

2. 奴隷制の記憶

主人公テリュメは一八四八年の奴隷制廃止からかなり経って生まれている。幼少時代には、奴隷制のことを十分理解しないまま、祖母やマン・シーアに向かって、「奴隷」や「主人」が何者であるのか尋ねたりもするテリュメであったが、やがて今なお黒人が白人によって支配されていることを知るにいたる。さとうきび畑で働く黒人を目の当たりにしたときのことを、テリュメは次のように回想している。

奴隷制は、フォン・ゾンビ〔=集落の名前〕に今も二、三人はいるような、最長老らがそこからやってきた、外国のことなんかではないのだと、生まれて初めて感じた。[21]

このように、奴隷制のことをあまりなじみのない、過去の遺物のようにすら感じていたテリュメも、祖母やマン・シーアとの対話を通じて、彼女たちの暮らすグアドループの「そう遠くない昔」から続くものであると次第に理解するようになる。マン・シーアは、奴隷や主人が何たるかについて、次のようにテリュメに教える。

もし奴隷が見たければ――彼女は冷たく言った――ポワンタピトルの市場へ降りて行って、かごの中で縛り上げられて、恐怖に慄く目をした家禽を見さえすればよい。そして、おまえが主人とは何か知りたければ、ガルバにある、ベルフィーユ農園のデザラーニュ邸に行けばよい。彼らは、その

[21] *Ibid.*, p.32.

末裔に過ぎないが、それでも見当がつくだろう。[22]

子どもに対し、未知の事物や世界について教示することもまた、養育を担う年長の者にとって重要な役割の一つである。祖母やマン・シーアは、奴隷制の残滓が身近にみられるものであるとテリュメに説く。年長の女性が少女を育む「シスターフッド」の関係において、奴隷制の記憶が継承されていくのである。

しかし、祖母の病気により現金収入が必要になったテリュメは、「悪魔より怖い」と恐れられるさとうきび畑で働くなど、白人が黒人を支配する環境に身を投じざるをえない。もちろん祖母は、白人の下でテリュメが働くことについて反発をみせる。テリュメのさとうきび畑での労働を嘆き、祖母トゥシーヌは、次のように言う。

私の小さい太陽や、なぜおまえの一六歳を、甘いお菓子のように親方に差し出したりするんだい？それが何と、どんな素晴らしいものと引き換えになるというんだい？[23]

さらに、図らずともマン・シーアが「主人とは何か知りたければそこへ行けばよい」と言ったデザラーニュ邸で、テリュメは働くことになる。そこは奴隷制時代から続く白人主人の家系であった。しかも「かつて黒人の脾臓を破裂させたものもいる」[24]という残酷な祖先の血を引くということで恐れられている。

　デザラーニュ邸で職を求める際には、祖母も付き添っていたが、テリュメは祖母と離れ、屋敷で女中として住み込みで働く。屋敷では、主人一家と使用人という区別のほかに、使用人にもヒエラルヒーが存在し、それに応じて部屋割りがなされていた。当然、仮雇いの新参女中であるテリュメは、底辺の地位にある。そんな境遇にあったテリュメは、自分があたかも存在していないかのように扱われる。祖母にとってテリュメは、「クリスタルガラス」という呼びかけに象徴されるような、もろくてかけがえのない存在なのだったが、一歩家庭の外に出て、女中という一労働者になるや否や、いくらでも代わりがいるような存在になってしまう。

　デザラーニュ邸において、夫人がテリュメを労働力として酷使する一方、男の主人であるデザラーニュ氏は、テリュメを「強姦」しようとさえする。主人は、夜中テリュメの部屋に忍び込み、「ドレス一着じゃ足りないってのか？　おまえは金の鎖や二個の指輪が欲しいのか」[25]と言いながら、絹のド

[22] *Ibid.*, pp. 30-31.
[23] *Ibid.*, p. 46.
[24] *Ibid.*, p. 47.
[25] *Ibid.*, p. 61.

レスをテリュメに投げつけ、彼女の服を脱がそうと迫る。幸いにも、テリュメは脅しを用いて「強姦」を免れた。このように、労働者として酷使され、また性的搾取の対象としてみなされもするデザラーニュ邸での女中生活を乗り切る上での精神的支柱の役目を果たしたのが、祖母や魔女の教えだった。とりわけ祖母の「馬におまえを連れて行かせるのではなく、おまえが馬の手綱を引くんだよ」[26]という言葉、つまり他者に自分の身を委ねるのではなく、自らの尊厳を保つことの重要性が、屋敷での過酷な労働を耐えるのに役立ったと考えられる。

実際、テリュメはデザラーニュ邸で酷使されるだけの矮小化された存在ではなかった。仕事のない日曜日には、祖母のいる村へと帰り、村人相手に屋敷での生活を面白おかしく話す女丈夫な一面も描かれている。一六歳という多感な時期に女中奉公していたテリュメだが、女主人に一方的に暇を言い渡され、そんな女中生活も終わりを迎える。

祖母の死後、テリュメは再びさとうきび畑での労働を始める。魔女の仕事をしながら飢えた日々を過ごす中、食べ物を分けてくれていたオランプに仕事の紹介を頼んだのであった。オランプは仕事の内容を教えるだけでなく、テリュメを自宅にも招いて余暇を共に過ごしている。熱心なキリスト教徒でもある彼女の影響で、テリュメも教会に行ったりもした。教会でオランプは、「奴隷制は終わった――私を愛しても、私を買えやしない。私を憎んでも、私を売ったりできない」[27]と語気を強めて叫んでいる。オランプは、祖母の死後、女主人公を支える者として描かれている。彼女はまた、さとうきび畑で働きながらも、「神のもとに平等」を信じており、白人による黒人支配を否定する存在でもある。オランプとテリュメの「シスターフッド」的関係は、テリュメを物質的に支えるだけでなく、精神的にも育むのである。

ところで、商業的な成功を収めた『奇跡のテリュメ』であるが、この小説には、主人公の政治的な「抵抗」が少しも描かれておらず、「宿命論的」だという批判があった。そんなテリュメとは異なり、彼女の二番目のパートナーであるアンボワーズは、いわゆる「抵抗者」であり、一種の「英雄」として描かれてもいる。

若い頃、白人憲兵を襲い投獄された彼は、自らを「白人化」しようとフランス本土に渡る。七年間の本土滞在中、白人の視線にさらされたアンボワーズは、自分が黒人であることを否応なく自覚させられ、疎外を味わう。このような、白人の好奇の視線による疎外は、まさしく前述のファノンやシモーヌのようなカリビアンが経験した実体験ではなかったか。失意のうちにグアドループに帰郷したアンボワーズは、白人を襲いたくて仕方ない衝動にかられるが、それは自らの隷属状態――ファノンはそれを「劣等コンプレックス」と呼んだ[28]――をまたしても暴力的に解消しようとする心理の表れだと

---

［26］*Ibid.*, p. 50.
［27］*Ibid.*, p. 117.
［28］ファノン、前掲書。

いえる。彼の帰郷後、グアドループの製糖工場ではストライキが起こり、労働者代表としてアンボワーズが担ぎ出される。彼は、工場側との交渉に奮闘するにもかかわらず、その最中事故死する。しかし、「英雄」アンボワーズが非業の死を遂げたその場所で、わずか二スーの賃上げの結果、人びとは労働を再開し、彼の奮闘は無駄骨であったかのような印象をうける。

『奇跡のテリュメに雨と風』における政治的位置付け」と題した論文のなかでジャンヌ・ガラーヌは、この小説において、奴隷制時代の精神的疎外や搾取のシステムがいかにして残存し、集合的な不条理の経験として描かれているのかを論じている。[29]「政治的抵抗者」であるアンボワーズはあっけなく「死ぬ」し、結局のところ、彼の死によって、物語最後にテリュメが黒人女性として死んでいく姿が、いっそう引き立つ仕掛けになっているというのである。

アンボワーズが、白人憲兵を襲い、あるいは労使交渉の代表として、ポスト奴隷制社会においてもなお白人が支配者の立場にあるという不条理と闘う一方、テリュメは過酷な労働を、祖母や魔女の教えを精神的支柱として耐えようとする。二人の世界に対する態度を対照的に描くのが、この小説の特徴といっても過言ではない。例えば、デザラーニュ邸で夫人に罵倒されても、「私は他のことについてなんも知りません。私はただの青くて黒い黒人女で、私は洗濯してアイロンがけしてベシャメルソースを作る、それがすべてなんです[30]」と言い、黒人女性としての従属性を理由にして夫人の怒りの矛先をかわそうとする。しかし、この言葉は彼女の本心から出た言葉ではない。というのも、夫人に罵倒されている間じゅう、マン・シーアの教え、「頑強な黒人女におなり、両面のある本物の太鼓にな、この世は打たれたり叩かれたりだが、下の面はいつも無傷のままにさせなきゃならん」[31]という不遇な現実の中でも不屈の精神を保てという教訓がテリュメの脳裏をよぎっているからだ。また、そのための方策として、「両面のある」態度、すなわち「面従腹背」を実践せよ、というのがマン・シーアの教えであろう。第一章で見たように、黒人が白人に対して行う「抵抗」のひとつに、「面従腹背」があったのである。

白人からの罵倒を、年長の女性たちから受けついだ教えにしたがって受けながしているこのとき、テリュメは自尊心を失うことなく、自分を取り巻く環境に対する内面的な「抵抗」の一歩を歩みだしたのであった。過酷な女中生活は、祖母や魔女の教えを内面化しつつ、「馬におまえを連れて行かせるのではなく、おまえが馬の手綱を引くんだよ」という言葉に表されるような、主人公の成長の過程として読み替えられる。

白人による黒人支配がいまだ続く社会の中でテリュメにとって生きるよすがとなったのが、祖母や

[29] Jeanne Garane, "A Politics of Location in Simone Schwarz-Bart's *Bridge of Beyond*," *College Literature*, Vol. 22, Issue 1, 1995, p. 26.
[30] Schwarz-Bart, *op.cit.*, p.52.
[31] *Ibid.*, p. 32.

マン・シーアから受け継いだ教えであった。しかし、前述のとおり、テリュメは「母」になれず、後裔を失った存在である。彼女のうちに蓄積された知恵は、ルガンドゥール家の系譜とともに途絶えてしまうことになるのだろうか。

3. 知恵の伝承

年老いてからのテリュメは、今なお人びとが苦しんでいる現実を正確に理解しようとする。奴隷制から引き継いでいるものは何か、ランプを片手に奴隷だった祖先の幻を見て、祖先についての考えをめぐらし、今度は後世の人びとへの抑圧の連鎖を断ち切ることはできないかと考える。晩年のテリュメは、奴隷制について例えば次のように語り、それが今なお続き、これからも続いていくだろうことに思いを馳せる。

そして、この世には不正義があるということについて、奴隷制が終わり忘れられた後も、私たちが苦しみながらひっそりと死んでいくことについて、私は考える。[32]

それでもなお彼女は、「グアドループで再び生まれ、苦しみ、そして死にたい」と語るのだ。後世の人びとに、自らの知恵が受け継がれていくことへの信頼が、そこに読み取れるのではないか。

幼い時代には奴隷制がいかなるものか理解していなかったテリュメであったが、過酷な女中生活やさとうきび畑での労働を通して生まれた黒人女性としての自己意識の萌芽が、女性どうしの「シスターフッド」的関係において育まれ、晩年になって結実したものとみることができる。テリュメが受け継いだ奴隷制の記憶や黒人女性としてのアイデンティティは、母ヴィクトワールによって伝えられたものではなかった。祖母トゥシーヌから教わったものも多いが、魔女マン・シーアや先輩のオランプなど、血のつながっていない年長者から受け継いだものも多い。そして今度は、テリュメ自身が年長者となり、先の世代から受け継いだものを次の世代へと引き継ぐ存在になるのである。そこでは、血のつながりがあるかどうか、「母」であるかどうかは、二義的な問題に過ぎないように思われる。

ところで、前述したように、祖母と魔女との共同生活で人生訓や妖術を学んだテリュメであったが、変身術だけは習得できなかった。この点をいま一度考えてみよう。『奇跡のテリュメ』において、薬草や妖術を使う人びとは、畏敬の対象である。しかし、変身術があやつれるのは、魔女のマン・シーアただ一人であり、変身術は、共同体の人びとにとって、崇敬の対象にはならない。むしろ、変身術を持つと噂されるマン・シーアは、人びとにとって恐怖の対象である。友人の孫テリュメに初めて

[32] *Ibid.*, p. 144.

会ったマン・シーアは、次のように言って子どもを脅かす。

子どもや、なんで私をそんな風に見るんだい？　犬、蟹、蟻に変身する方法を教わりたいのかい？今日からでも人間とは距離をおいて、人間どもを竿にずっとひっかけておきたいのかい？[33]

隣人であり、エリーの父親でもある雑貨商店主「アベルの親父」は、大きな鳥に化けたマン・シーアに、かぎ爪で腕を傷つけられたとテリュメに話し、その傷跡を見せる。マン・シーアが黒い犬に化けるという噂もある。しかし、マン・シーアの友人である祖母トゥシーヌの見方は人びととは異なる。アベルの親父から噂話を伝え聞いたテリュメに対し、祖母は次のように諭す。

確かにマン・シーアは神様が彼女に授けてくださった人間の姿に満足できないのだよ、彼女はどんな動物にも変身する能力が備わっている。[34]

作品において、マン・シーアは、変身術だけでなく、植物相や動物相、交霊や祈祷など、日常生活を送る上で有益な知に通じた人物として描かれており、邪悪な存在ではない。それにもかかわらず、彼女は共同体の人びとから忌避されている。悪魔祓いや占いといった、人間の暮らしに役立つ類の術は必要とされるが、人間の力を超越した変身術は、気味悪がられ、人間と魔女を分かつものとして描かれている。また、黒い犬に変身したマン・シーアにテリュメは気づくが、黒い犬に変身する理由をマン・シーアは、「むしろ犬のように歩き回りたい」[35]からと答えている。このように、魔女マン・シーアは、近代西欧的価値観を転覆させるような存在となっていることがわかる。さて、テリュメがどんなに熱心に指導を受けても変身術を習得できないことは、一面では、彼女の魔術の限界を示していよう。マン・シーアの言葉に従えば、キリスト教に対する許容度が異なることも関係しているようだ。

しかし、主人公テリュメが変身術を習得できないことにはもうひとつの意味があると思う。それは、彼女は決して「特別な存在」ではないということを示しているのではないだろうか。それによって、読者により親近感を抱かせる結果につながっているだろう。『ソリチュードの娘たち』のギッセルスは、副題「シモーヌ／アンドレ・シュヴァルツ＝バルトの架空的自伝におけるアンティルのアイデンティティに関する試論」にもみられるように、シュヴァルツ＝バルト夫妻の作品群を、一種の架空的自伝として読み解こうとしている。そのギッセルスは、女性小説の「私小説的性質」から『奇跡

[33] *Ibid.*, p. 29.
[34] *Ibid.*, p. 27.
[35] *Ibid.*, p. 111.

のテリュメ』を次のように解釈している。

女流小説が伝記の枠組みの外に危険を冒すのはめったにないのと同様、女性の登場人物が(新)植民地主義の社会における女性の運命を体現している。それゆえ、テリュメ・ルガンドゥールの運命は、多くのアンティル女性のそれであり、彼女の生き方は、アンティルの共同体にあてはまる。[36]

マリーズ・コンデによれば、この小説の朗読をラジオ越しに聞いた、グアドループの文字の読めない女性たちは、彼女自身の家族の物語が語られていると感じたのだという。[37] 家庭内においてはパートナー関係の破綻が、他方、社会の中では、搾取され、隷属を強いられる黒人女性の姿が描かれている。読者と同様、変身ができない主人公テリュメに対し、人びとは、彼女たちと同じ世界に生きる人間として同一化できるのである。主人公が変身術を習得できないことは、一つの象徴的なことを示している。すなわち、テリュメが「人間の女の姿以外になれない」のは、彼女が自ら抱える諸問題を、生身の人間として解決しなければならないということだ。例えば、パートナーを奪われてしまうような、魅力に欠けた人物として生き、不妊体質や性的搾取の対象になりやすいという問題にも直面する。テリュメは、これらの問題を、読者には不可能な、変身という一足飛びの手段に依らず、地道に解決しようとするしかないのである。

まとめ

ジャンヌ・ガラーヌによると、「奴隷制の疎外の傷跡をこらえるような、ネガティブで宿命論的なことわざを組み込むことにより、『奇跡のテリュメに雨と風』はまた、その宿命論の描写を通して、集団的カタルシス、古い宿命論の悪魔祓いを行っている」[38]のだという。奴隷制の記憶を後世の人びとに伝え、抑圧の連鎖を止めようとするテリュメの試みにおいては、かつて彼女が祖母や魔女から知恵を教わったように、年長の者から年下の者の間で、知恵と語りが再生産される。

マリオ・バルガス＝リョサは、創作行為と自身の関係を次のように記している。

小説を書くとは、回復と魔除けの試みであり、現実世界になじめない者が、悪魔のような妄想観念として記憶の底に残ってしまった重大な生体験を死から救い出すとともに、その呪縛を逃れようと

---

［36］Gyssels, *op.cit.*, p. 67.
［37］コンデ、前掲書、六五–六六頁。
［38］Garane, *op.cit.*, p. 26.

して行う営為にほかならない[39]。

このバルガス=リョサの言葉には、パリでの疎外体験を契機に、黒人としての自己を発見し、創作に導かれたシモーヌの姿が重ねられる。と同時に、彼女が創り出した主人公テリュメの姿も、そこに垣間見えよう。晩年のテリュメは、黒人女性としての自己を意識しながら死んでいったが、それはバルガス=リョサのいう「自己回復と悪魔祓い」の行為だったといえるのではないか。

ギッセルスは、「家族の不在は、アイデンティティの脆弱さと相関し、民族共同体の土台から崩す[40]」とし、現実のアンティル人のメンタリティを述べている。父の不在や母の出奔は、しばしば作品のテーマとなってきた。ところが、シモーヌは自らの主人公からあえて母を奪うことで、血縁だけに依らない、誰をもわが子のように育てる「シスターフッド」の関係が、主人公の成長を促すものとして描いたのである。さらに養育を通じた「シスターフッド」の関係は原型として他の「シスターフッド」にも複製されていく。そして、変身術を習得できない、読者にとって身近な存在のように思われるテリュメの姿や、作品のなかの「シスターフッド」の在りようを、身近な人物との関係に照応させて楽しむことができたからこそ、『奇跡のテリュメ』は広く受容されたのだと考えられる。

養育を通して他者をわが子のように慈しむ「シスターフッド」の関係は、他のカリブ海文学にもみられる重要なテーマである。そのテーマの身近さゆえに、読者は、物語と現実を行き来し、女主人公の家族や女友だちにだってなれるのだ。その物語もまた、再話がなされるたび、輪のように引き継がれていく。

［39］M・バルガス・ジョサ「アラカタカからマコンドへ」『疎外と叛逆――ガルシア・マルケスとバルガス・ジョサの対話』G・ガルシア・マルケス、M・バルガス・ジョサ、寺尾隆吉訳、水声社、二〇一四年、九一頁。

［40］Gyssels, *op.cit.*, p. 65.

第四章

『移り住む心』における
ハイブリッドと「乳白化願望」

はじめに

マリーズ・コンデの『移り住む心』*La migration des cœurs*（一九九五年、邦題『風の巻く丘』）は、エミリー・ブロンテの『嵐が丘』*Wuthering Heights*（一八四七年）に対するオマージュとして書かれた作品である。その献辞には、「敬意をこめて、エミリー・ブロンテに捧げる。彼女の傑作に対する私の読みが受け入れられることを願って」と書かれている。『嵐が丘』が、「ページをめくるのがもどかしい」（ほど早く読みたい）という触れ込みで売られたのは伝説だが、『移り住む心』もまた、ストーリ

Maryse Condé
La migration
des cœurs

ROMAN

Robert Laffont

『移り住む心』仏語原書
La migration des cœurs
Robert Laffont

『風の巻く丘』
風呂本惇子・元木淳子・西井のぶ子 訳
新水社

ー展開の見事さは、息をも継がせぬものになっている。

『移り住む心』の物語の主要人物は、基本的に『嵐が丘』を踏襲している。軸となるのは、ラズィエ（『嵐が丘』でのヒースクリフに相当）とカティ（キャサリンに相当）の関係であり、またラズィエによるランスイユ家への復讐である。他にもカティの兄ジュスタン（ヒンドリーに相当）、カティの結婚相手エムリック・ド・ランスイユ（エドガー・リントンに相当）や義妹イルミーヌ（イザベラに相当）のほか、女中のネリー・ラボテール（エレン・ディーン［＝ネリー］に相当）も登場する。

マリーズは、作品の舞台を、『嵐が丘』の、一九世紀の荒涼としたイングランドのヨークシャー地方から、二〇世紀はじめのカリブ海地域に移し替える。作品の舞台をカリブ海へ移し替えることで、物語はどのように変化したのか考察したい。

　また、『移り住む心』には、フランツ・ファノンが『黒い皮膚・白い仮面』*Peau noire, masques blancs*（一九五二年）のなかで、マヨット・カペシアの『わたしはマルチニック女』*Je suis martiniquaise*（一九四八年）を引き合いに出して「乳白化 lactification」と呼んで糾弾した、自らの血統を白くしたいという欲望が描かれている。

　ファノンの書は、ポストコロニアル研究の古典として広く読まれているのに対し、やり玉にあげられたカペシアの私小説は、ほとんど読まれていない。ファノンのいう「乳白化願望」とはいかなるものか、カペシアの『わたしはマルチニック女』とファノンの『黒い皮膚・白い仮面』を紹介しつつ、そのうえで、マリーズの『移り住む心』に描かれた「乳白化願望」と女性を犠牲に生じたハイブリッドについて読み解きたい。それがカリブ海で何を意味するのか、さらに男性ファノンによる「乳白化願望批判」が、異性愛主義・男性中心主義にもとづくものであり、マリーズを含む女性の側から批判されてきたことを指摘する。そして、『移り住む心』には「乳白化願望」だけでは説明のつかない、性的な欲望やインターレイシャル・セックス、同性愛的関係が描かれていることも明らかにする。

1.『嵐が丘』カリブ海版作品として

『嵐が丘』においては、エレン・ディーン［＝ネリー］は、物語の主要な場面に遭遇しているほか、キャサリンやヒースクリフが自らの想いを打ち明けられた唯一の人物である。それゆえ物語は、エレンの独占的な語りによって紹介される。また、『嵐が丘』の舞台は閉じられた世界だ。アーンショウ家、リントン家、そしてヒースクリフ、よそ者ロックウッドだけでプロットは展開される。

他方、『移り住む心』でも、エレン・ディーンに相当する女中のネリー・ラボテールが登場し、カティやラズィエについて、船のなかで話を聞きたがる女たちに話を聞かせてやるものの、ネリーが回想として話す箇所は、この小説の一部だけである。また、「事情を知りすぎた」ネリーの場合、カティの結婚の際に厄介払いされた結果、彼女の結婚以降については何も知らないのである。したがって、ネリーは『嵐が丘』のエレン・ディーンほど語りを独占することはない。じっさい、『移り住む心』では、ラズィエやカティといった主要登場人物をはじめとする、人種や性別、職業の異なる登場人物たちの、持ち回りのような「告白」によって物語の展開が読者に知らされる構造になっている。[1] では、そうした告白を行う登場人物の設定はどうなっているのだろうか。『嵐が丘』と比較しつつ、確認しよう。

『嵐が丘』では、ヒースクリフは、ミスター・アーンショウ［＝ヒンドリー、キャサリン兄妹の父親］が遠出した際に、リバプールで拾ってきた孤児であるという設定になっている。「悪魔がよこしたみたいに色が黒い」「ジプシーみたいな子」と描写されているものの、何人の血をひいているのか分からない。ポストコロニアル研究の文脈においては「リバプールで拾われてきた」「肌の色が黒い」という設定から、ヒースクリフの出自に当時イギリスが交易していた新大陸を見出そうとしている。[2]他方、『移り住む心』では、ジュスタンとカティ兄妹は、混血で、ラズィエの外見は、ネリーによると、「黒人かインド人と黒人の混血」だとされている。ジュスタンとカティは二人とも白人と結婚するほか、『移り住む心』には、女中や漁師として黒人やインド人が登場し、彼/女らは時にプロットの語り手にもなるのだ。西成彦は、このような語りのスタイルを採用する効能について、「マリーズ・コンデがこの小説の中で取り払ったのは、何よりもエレン・ディーンの『家具』性であり、彼女一人に独占されてしまったナラティヴの均質性という縛りである[3]」と述べている。『移り住む心』は、複数の語り手の存在により、登場人物たちの人物像や出来事に対する異なった見方を提示するのだ。


---

［1］身元のよくわからない死者、サンシェと呼ばれる男の通夜に集まった者たちが語り部となる、マリーズの別の小説『マングローブ渡り』*Traversée de la mangrove*（一九八九年）の語りの構造に似ている。

［2］西成彦『耳の悦楽——ラフカディオ・ハーンと女たち』紀伊國屋書店、二〇〇四年、一五八頁。

［3］西、前掲書、一八四頁。

2.「乳白化願望」批判の理不尽

(1)「乳白化願望」とは

『移り住む心』の登場人物に見られる「乳白化願望」については、先行研究においても指摘がなされている。元木淳子は、『移り住む心』が「フランツ・ファノンの言う『乳白化』lactification 白人志向に傾いた社会」を描いていると指摘し、大辻都は、『移り住む心』における女主人公カティが「ファノンが『乳白化願望』の名で糾弾したカリブ海の女性作家カペシアのコンプレックスをまさに体現した人物として描かれているといっていい」と述べている。[4]

そもそも「乳白化願望」とは何なのか。この言葉で批判された『わたしはマルチニック女』という小説、および「作者」について概観し、そのうえでこの言葉を発したフランツ・ファノンの主張をたどってみよう。

『わたしはマルチニック女』の「作者」であるマヨット・カペシアの本名は、リュセット・セラナス・コンバットとされてきた。一九一六年、リュセットは、マルチニックのカルベ村に生まれる。母は繊維やタバコを作る百姓をしていて、父親とは正式に結婚しておらず、父は別の家庭を持っていた。[5] リュセットは、双子の姉であり、お針子をしたり、食料品店、チョコレートショップ、映画館などで働いて自立していた。[6] リュセットは一七歳の時に、白人ベケと愛人関係をもった後、ヴィシー政権時に、白人将校と愛人関係になる。そして、一九四六年フランス本土に渡り、一九四八年に、自伝的小説『わたしはマルチニック女』を出版する。[7]『わたしはマルチニック女』は、有色のマヨットが小学生時代の年長の遊び相手である洗濯女のルルーズにあこがれ、自分も洗濯女になり、ヴィシー政権時の白人将校のアンドレに恋をする私小説的

---

［4］元木淳子「カリブの『嵐が丘』――マリーズ・コンデの『移り住む心』を読む」『法政大学小金井論集』、第四巻、二〇〇七年三月、九〇頁。大辻都『渡りの文学――カリブ海のフランス語作家マリーズ・コンデを読む』法政大学出版局、二〇一三年、二八六頁。

［5］Myriam Cottias et Madeleine Dobie, "Introduction," in *Relire Mayotte Capécia : Une femme des Antilles dans l'espace colonial français (1916-1955)*, Paris, Armand Colin, 2012, pp.14-17.

［6］*Ibid.*, pp. 14-17. 齊藤みどり「捏造されたマイヨット・カペシア――ファノンそしてフェミニストたち」『〈終わり〉への遡行――ポストコロニアリズムの歴史と使命』秦邦生他編、英宝社、二〇一二年、一八〇―一八七頁。

［7］『わたしはマルチニック女』*Je suis martiniquaise* は、マヨット・カペシアをペンネームとするリュセット・セラナス・コンバットによって書かれたものではなく、当時の恋人のアンドレの草稿に、のちの恋人となる編集者のブシェが手を加えたものだということがわかっている。(Christiane P. Makward, *Mayotte Capécia ou l'Aliénation selon Fanon*, Paris, Éditions Karthala, 1999, pp. 158-160.) ジェームズ・アーノルドは、作品が「創作」される際に、ラフカディオ・ハーンの作品が剽窃された可能性を指摘している（齊藤、前掲、一八三―一八五頁）。

作品である。マヨットは、幼いころから自分が「ニグロ扱い」されると、激しい罵倒で反撃する一方、白人の祖先がいると思われる人に出くわすと、魅了されてしまう。

カペシアの『わたしはマルチニック女』が、フェミニストたちからは、アンティルの黒人女性の視点からロマンスを描いたと評価されたのに対して、黒人男性からは、カペシアがヴィシー政権時の将校と交際することを理由に非難された。ファノンもまた、カペシアが白人男性と交際することを「彼女の人種に対する不貞」として激しく非難している。[8] ここで、マヨットが「白人らしい容貌」に魅了される様子について『わたしはマルチニック女』から引用したい。

彼女の父は黒人で、彼女の母は混血であったが、彼女は皆と同じように乳のように白い肌であり、どんなに焼け付くような太陽によっても損なわれることのない白さと、髪は縮れていたが、ブロンドで青い目をしていた。[9]

これは、女主人公マヨットのクラスメートに関する記述である。白い肌、ブロンドの髪、青い目に彼女自身が価値を置いていることがうかがえる。友人の洗濯女ルルーズについては、次のように記述している。

彼女の肌は金色で、オレンジやバナナみたいな色で、長い黒髪は三つ編みに結って、縮れているのは付け根だけで、鼻はぺしゃんこで、唇は分厚く、しかし、顔つきは彼女の近い先祖に白人がいるようであった。[10]

この描写が示すように、白人らしさが美を体現しているとマヨットが考えていることがわかる。マヨットが白人将校であるアンドレを愛するのも、彼の白人らしい容貌に魅了されたからである。この点に「乳白化願望」を読み取ったファノンは『黒い皮膚・白い仮面』の中で、カペシアを次のように批判している。

『わたしはマルチニック娘』は有害な行動を説く、安直な作品である。マヨットは白人の男を愛しており、彼のすべてを受け入れる。彼は殿様だ。彼女はなにも求めず、なにも要求しない。幾分

---

［8］Gwen Bergner, "Who is that Masked Woman? or, the Role of Gender in Fanon's *Black Skin, White Masks*," *Proceedings of the Modern Language Association*, Vol. 110, No. 1, 1995, p. 83.
［9］Mayotte Capécia, *Je suis Martiniquaise in Relire Mayotte Capécia : Une femme des Antilles dans l'espace colonial français (1916-1955)*, Paris, Armand Colin, 2012, p.61.
［10］*Ibid.*, p. 63.

かの白さを自分の生に求める以外には。（中略）「わたしは、あの人を愛していた、なぜなら、青い眼と、ブロンドの髪の毛と、青白い顔色をしていたから。」（中略）マヨットが目指すのは、乳白化(lactification)なのである。なぜなら、結局のところ、血統を白くしなければならないのだから。このことをマルチニックの女はすべて知っており、口にし、繰り返し語っている。血統を白くすること、血統を救い出すこと。[11]

ルルーズら洗濯女は、「仕事が終わると、人目も気にせず川で水浴びをした。そうすると自然とこうしてあたりをうろつく男たちの気を惹きつけた[12]」という。マヨットが洗濯女になった理由は、身近な年長の友人のルルーズが洗濯女であったからにすぎないのだが、ファノンに言わせると、洗濯(ブランシール)(＝衣服を洗って「白く」する)女になること自体、乳白化願望の象徴であるという。[13] ファノンはまた次のようにいう。

「彼女は引き出しからインク壺を取り出して、彼の頭の上にインクのシャワーを浴びせるのだった。」これは、白人を黒人に変えようとする、彼女なりのやり方だった。しかし彼女は、早くから、この努力の空しさに気がついた。やがてルルーズと母親とが現れ、黒人の女の一生はきびしいものであることを彼女に説いて聞かせた。そこで、もう世界を黒くすることも、ニグロの世界にすることもできないので、彼女は身体と思考において、世界を白くしようと努めることになる。まず彼女は洗濯屋となるのだ。[14]

ファノンのいう「乳白化」とは、白人の男性を通じて自らの血統を白くし、社会的上昇を目指すことを意味している。『黒い皮膚・白い仮面』はポストコロニアル研究、精神分析学の権威として高く評価されてきたが、その異性愛主義や性差別主義については長らく看過されてきた。[15]だが、これに対して、ベルグナーは、ファノンの固定されたジェンダーカテゴリー（異性愛主義）が、カペシアを含む女性を、もっぱら男性と性交渉する存在として矮小化するものだと考えている。[16]そして『移り住む

---

［11］ファノン、前掲書、六五–七〇頁。

［12］Capécia, *op.cit.*, p. 62.

［13］しかし、売春婦を除いて、女性が一人で自活するには、当時洗濯女しか選択肢がなかったことをカペシアは述べている（Bergner, *op.cit.*, p. 83）。

［14］ファノン、前掲書、六八–六九頁。

［15］ファノンのこれらの態度に批判をしたのが、序章でも紹介した、ジェームズ・アーノルドとマリーズだ。ともに『クレオール性を考える』の寄稿者である。

［16］Bergner, *op.cit.*, p. 77.

心』の作者であるマリーズもまた、カリブ海の女性たちがもつ「乳白化願望」そのものを否定するのではなく、攻撃すべき対象は彼女たちではないと、ファノンに抗して主張を展開する。

当時、黒人の男は奴隷貿易と抑圧に苦しめられ、一人前の大人としてではなく子ども扱いにされ、去勢され、男らしさを否定されていました。これに対して、白人の主人の側は威光に包まれ、権力と富とあらゆる肯定的な価値を体現していたのです。したがって、白人男性に対して欲望を感じるマイヨット個人の疎外を断罪することには、意味がありません。むしろ、そのような疎外を生み出した植民地体制そのものを撃つべきです。[17]

マリーズは、『移り住む心』において、「乳白化願望」を描きこんでいる。それがどのようなものか詳しく見てみよう。

(2)『嵐が丘』／『移り住む心』における「乳白化願望」

『嵐が丘』の女主人公キャサリンの兄であるヒンドリーは、横暴で意地悪な性格で、父親からも「ヒンドリーは昔から役立たずだ。どこへ行ってみたって、だめに決まっとる」[18]と言われてしまうほど良いところがない。父親のいないところで、ヒースクリフをいじめたりもする。「名もなく財産もない女」である病弱なフランシスと結婚し、妻のフランシスが亡くなってからは酒や賭博に耽溺する自堕落な生活を送り、ヒースクリフに全財産を巻き上げられてしまう。

他方、『移り住む心』の女主人公カティの兄であるジュスタンは、教育に関心のなかった父とは異なり、自ら進んで学校に行き、教養を身につけようとする。そして、白人ベケの中でも良家の娘であるマリー＝フランスと結婚する。マリー＝フランスの両親は、娘が病弱で長くは生きられないと分かっていたので、わずかな喜びを与えるべく、混血のジュスタンとの結婚を許したのだが、そうとは知らないジュスタンはこの結婚に舞い上がる。混血であるジュスタンは、教育を受け、白人ベケのなかでも良家の娘を娶ることで、自らの社会的立場の上昇を目指したのだった。その象徴がジュスタンとマリー＝フランスの結婚式である。肌が白く、ブロンドの髪をした彼女の美しさを島じゅうの者に見せびらかすかのように、ジュスタンは金に糸目をつけず、盛大な結婚式を挙げる。白人で資産家であるヒンドリーとは異なり、ジュスタンは、混血というコンプレックスを解消する手段として、教養を身につけ、良家の白人娘と結婚をする必要があったのである。

［17］マリーズ・コンデ『越境するクレオール――マリーズ・コンデ講演集』三浦信孝編訳、岩波書店、二〇〇一年、五六–五七頁。
［18］エミリー・ブロンテ『嵐が丘（上）』河島弘美訳、岩波文庫、二〇〇四年、八二頁。

このようにマリーズが『移り住む心』において男性側の「乳白化願望」を描いているのは注目に値する。ファノンの性差別主義的見方への反論であるとともに、「乳白化願望」が男女問わず、植民地体制によって構造的に生み出されていることを示しているからだ。

次に、女主人公たちについてみてみよう。『嵐が丘』の女主人公キャサリンは、エドガー・リントンにプロポーズされるとすぐに、彼のプロポーズに承諾したことをエレン・ディーン［＝ネリー］に打ち明ける。ハンサムで若く、陽気で、お金持ち、そして彼女を愛してくれているから結婚を承諾するのだとキャサリンはエレンに言い放ち、その決断自体に迷いはない。しかし、ヒースクリフのことも愛しているキャサリンは、次のようにエレンに告白する。

> 向こうにいる意地悪な兄さんがヒースクリフを低い身分にしなかったら、エドガーと結婚しようなんて考えたりしなかったところよ。ヒースクリフと結婚すればわたしも落ちぶれてしまう。だから、愛しているけれど絶対にそうは言わないの。わたしがヒースクリフを愛しているのは、ハンサムだからなんていう理由からじゃないのよ、ネリー。ヒースクリフがわたし以上にわたしだからなの。魂が何でできているか知らないけど、ヒースクリフの魂とわたしの魂は同じ――エドガーの魂とは、月光と稲妻、霜と火くらい掛け離れているのよ。[19]

この告白を偶然耳にしたヒースクリフは、この後行方をくらませてしまう。キャサリンがヒースクリフと結婚をためらう理由は、自分も「落ちぶれてしまう」からに他ならない。

一方、『移り住む心』のカティは、女中ネリーから、エムリックと結婚すれば何でも手に入れられるとけしかけられるが、カティは、「わたしのこどもたちは白人の金持ちになれる」からエムリックと結婚するのだと言う。


わたしの中に二人のカティがいるみたいなの。ほんの小さい頃からずっとそうだった。一人は、ありったけの悪習を抱えてアフリカから来て、下船したまんまのカティなの。もう一人は、白人の祖先の肖像のとおり。清らかで、信心深くて、秩序と節度を愛しているの。でも二番目のカティは黙っていることもしょっちゅう。一番目の方が強くていつも勝っているのよ。[20]

これらの会話の中で、カティが自らの混血という出自に言及しているのは重要である。

一方、カティがラズィエと結婚できないのは、やはり自らが落ちぶれてしまうことを恐れたからで

［19］ブロンテ、前掲書、一六三頁。

［20］コンデ、前掲書『風の巻く丘』五七頁。

あった。ただし、その「落ちぶれ」は、二人の肌の色に明確に関係する。カティはさらにネリーに告げる。

……ジュスタンが、ラジエをあんなふうにしなかったなら、今度の結婚は考えもしなかったわ。でも今の様子じゃ、絶対にラジエとは結婚できない。落ちぶれることになるもの。一人目のカティ、奴隷船から降りてきたただの異教徒のカティしか残らなくなるもの。……ラジエとでは、二人してアフリカの野蛮人みたいに生き直すことになってしまう。それじゃ元の木阿弥よ！[21]

カティの心の内を聞かされたネリーは、「そうですか、それにしてはずいぶんご立派な仕打ちですね」[22]と皮肉を言う。上で見たように、『嵐が丘』のキャサリンと『移り住む心』のカティが結婚相手を条件で選び、ヒースクリフ／ラズィエと結婚して落ちぶれたくないというときの口調は非常に似通っている。しかし、混血であるカティがエムリックを結婚相手に選ぶ最大の理由は、自分の「こどもたち」が白人の金持ちになれるからなのである。そして彼女がラズィエを結婚相手に選ばないのは、彼が有色人種であるからなのだった。つまり、カティは、兄のジュスタン同様、白人と結婚することで、フランツ・ファノンが『黒い皮膚・白い仮面』で指摘しているように、子孫の血を「乳白化」させようとしているのである。

元木淳子は、『嵐が丘』では肌の色がキャサリンの結婚の決定的な要因ではないのに対して、マリーズの作品では「身分が肌の色で決められる悲しい社会」を描いていると指摘している。[23]『マリーズ』が舞台をカリブ海へと移し、登場人物にそれぞれ人種を設定したことで、結婚に際し、その血筋が重要視されることになったのである。この点に、植民地体制の構造的差別への批判が込められているのは明らかであろう。

最後に、もう一人の主人公といってもよい、ヒースクリフとラズィエについて見ていこう。『嵐が丘』のキャサリンが、ヒースクリフに対する恋心がありながらも、他の男のプロポーズを承諾したことを、女中・ネリーに打ち明けているところに遭遇したヒースクリフは、しばらく行方をくらませてしまう。再び戻ってきたときには大金を手にしているものの、どのようにして大金を得たのかは描かれていない。ヒースクリフは、キャサリンと結婚できなかった腹いせに復讐を企て、キャサリンの実家であるアーンショー家とキャサリンの嫁ぎ先であるリントン家の財産を獲得していく。ヒースクリフは、キャサリンがエドガーとつきあい始めた時に、ネリーに自分の気持ちをもらす。

［21］コンデ、前掲書『風の巻く丘』五八頁。
［22］コンデ、前掲書『風の巻く丘』四四頁。
［23］元木、前掲、九〇頁。

でもさ、ネリー、何回なぐり倒したってあいつ［＝エドガー］が見苦しくなるわけじゃないし、おれがハンサムになるわけでもないよ。おれも金髪で色が白くて、きれいな服で行儀もよくて、あいつくらい金持ちになれればなあ！[24]

じゃあ、やっぱりエドガー・リントンみたいに大きな青い目とすべすべの額がいいってことになる。おれだってそうなりたいけど、なりたいと思ってなれるわけじゃないよ。[25]

ヒースクリフ自身がもらしているように、自分の見た目をどうにもすることができず、最愛のキャサリンと結婚できなかった彼には、財産を奪っていくことくらいしかできないのである。しかし、どんなに財産を獲得してもヒースクリフは幸せになれず、キャサリンの亡き後、彼女の幻をみることだけに執着する。さて、ここで重要なのは、ヒースクリフの「金髪で白くなりたい」という願望は、容姿の次元にとどまり、人種についての含みがほとんどないことである。

一方、『移り住む心』のラズィエも、カティがエムリックと交際を始めた時に、次のようにもらす。

ああ、俺が白人だったらどんなにいいだろう！青い目の白人、金髪頭の白人だったら！（中略）俺が白人だったら、それだけでみんなが尊敬するさ。ジュスタンだって誰だって。[26]

ヒースクリフ同様、ラズィエも自分の黒い肌の色を恨む。ただ、ヒースクリフよりもいっそう「白人」になりたい欲望が強調されている。ここにラズィエの「乳白化」願望を読み取れるだろう。

カリブ海地域の人口のほとんどが黒人で構成されているにもかかわらず、その社会を牛耳っているのは一握りの白人ベケである。白人に近づくこと、「乳白化」は、社会的上昇の好機であり、そのためこれまでみてきたジュスタン、カティ、ラズィエは異様ともいえるほど肌の色に固執している。あたかも「白人であること」、「白いこと」が正しいかのような強迫観念にとらわれている。前述したように、ファノンは、マヨット・カペシアの職業である洗濯屋が、乳白化願望の象徴であると指摘しているが、マリーズは自分の肌の色の黒さに悩んでいた、男であるラズィエにキューバでカペシアと同じ洗濯屋をさせる。これは、ラズィエの持つ乳白化願望に対するオブセッションを描いているといえよう。

これまで、『移り住む心』において男女を問わず、「乳白化願望」が描かれていることを確認してきた。一方で、『移り住む心』の登場人物たちが他者を欲望するとき、それが「乳白化願望」だけでは

〔24〕ブロンテ、前掲書、一一三頁。
〔25〕ブロンテ、前掲書、一一四頁。
〔26〕コンデ、前掲書『風の巻く丘』四二頁。

説明のつかないこともまた確かである。次節では、本作品にみられる様々なセクシャリティ表象に焦点を当て、人間模様を読み解いていく。

3. ハイブリッドと「強姦」

『移り住む心』における多様なセクシャリティについて詳述するために、まず『嵐が丘』ではどのようなセクシャリティの描写がなされているか、先に検討する。その上で『移り住む心』のラズィエの性的魅力や、カティとの関係について、また、女どうしの同性愛的関係について読み解きたい。

『嵐が丘』は、ヴィクトリア朝時代に書かれたこともあり、性的な描写は当然なく、登場人物の男女の間に子どもが生まれてはじめて、二人の間に肉体関係があったことが読者に知らされる。語り部であるネリーも、登場人物たちの性的退廃を疑うような人物でもない。最愛のキャサリンと結婚できなかったヒースクリフは、キャサリンの義理の妹にあたるイザベラから好意を寄せられる。彼は、イザベラをかどわかし、二人は駆け落ちする。しかし、ヒースクリフが愛しているのはキャサリンだけで、妻イザベラを言葉と暴力によって虐待する。ヒースクリフのイザベラに対する虐待と憎悪はすさまじいが、彼女を「性的に」虐待したかどうかについては不明である。しかし、イザベラとの間に息子リントンが生まれることから、この夫婦間に肉体関係があったことが分かる。キャサリンの娘キャシーとリントンは、ヒースクリフによって交際・結婚するよう仕向けられるが、本を一緒に読んだり、手紙のやりとりをしたりするだけであり、リントンが病弱なこともあって、ヒースクリフがやきもきするほど関係が進展しない。ヒースクリフのキャサリンに対する異常なまでの執着は、キャサリンの幻影を見ようとしたり、夫婦でないにもかかわらずキャサリンと同じ墓に入ろうとするなど異常な行為へと向かう。[27]『嵐が丘』では、性的描写が一切されないまま、ヒースクリフのキャサリンに対する異常な愛情だけが強調されている。

ブロンテが性的描写を一切できなかったのに対して、マリーズは性描写をところどころに取り入れている。そのなかでも、ラズィエは性的魅力に富んだ人物として描かれている。ユベール〔＝ジュスタンとカティの父〕が藪のなかで拾ってきたラズィエは、素っ裸の、薄汚い七、八歳の子どもであるにもかかわらず、「性器だけはいっぱしの形をしてい[28]」たと、ネリーは後に初めて会った時のラズィエについて語っている。カティの結婚後グアドループを去っていた間、キューバで金持ちの農園主の未

---

〔27〕西、前掲書、一六〇頁。西は、『嵐が丘』において、「ヒースクリフの孤児性、ヒースクリフのプラトニック・ラブ（及び屍体愛好趣味）が極端にまで強調されている」と指摘している。
〔28〕コンデ、前掲書『風の巻く丘』三〇頁。

亡人であるステファニア・フォンセカ夫人と愛人関係にあったラズィエは、彼女に二度中絶をさせたと書かれている。また、ラズィエのために、夫人が他の男を拒んでいたことからも、ラズィエが性的魅力に富んでいたと想像できる。

他方、故郷グアドループを馬鹿にする夫人に対し、「おまえさんにはわからないさ。あんたのような肌の色の人間は、身体に情熱というものを持っていない。海の反対側で、他の男のそばで、息をして、食べて、眠っている人を想像して、火のように燃えるということがどんなものかを知らないいんだ[29]」とやり返す。自分を含めたグアドループの有色人種――そのなかに最愛のカティももちろん含まれるだろう――が「情熱的」であると言わんとしているかにも聞こえる。さらに、キューバからグアドループへ帰る船の中でも、ラズィエの黒人男としての性的な魅力で、同じ船の乗客の女性たちをうっとりさせたという描写がある。

『嵐が丘』のヒースクリフが妻のイザベラとの間に一人しか子どもをもうけなかったのに対して、『移り住む心』のラズィエは妻のイルミーヌとの間に七、八人の子どもを作る。愛情の冷めきった妻イルミーヌと子どもを作る一方で、家庭の外ではモナという娼婦と十年来の愛人関係にある。モナがムラートの代議士やラズィエの息子であるプルミエ＝ネと肉体関係を持ったときにラズィエは激昂するが、それは彼女への愛情ゆえではなく、独占欲の延長のようにみえる。というのも、ラズィエもまたヒースクリフと同じく、カティの幻を見ることだけに執心しているからである。経済的不自由がないのに、妻のイルミーヌや子どもたちに裕福な暮らしをさせることを許さず、愛人のモナにも最低限の

「代金」しか支払おうとしない。一方、カティの幻を見るために、何人もの呪術師を訪れ、彼らに支払う代金には糸目をつけないことからも、カティへの執着ぶりがうかがえる。

　ところで、カティとラズィエは、ラズィエが拾われてきて以来、同じベッドで眠るなど、肉体的な接触が日常的にあり、周囲の発言からはふたりの間に性的な関係があったと読者に印象付けられる。兄のジュスタンは、親密すぎるカティとラズィエに向かって「何してるんだ！　おまえ、一体どういうつもりだ。結婚前にツケで腹を売るつもりか？　それも黒人に！」[30]と罵倒する。年頃になって兄のジュスタンに別々に眠るように言われてからも、カティは夜になると、ラズィエのところへもぐりこみに行く。カティとエムリックの初夜でシーツは赤く染まらない。ただ、マリーズは、カティとラズィエが性的な関係を持っていることを読者に匂わせつつも、二人の直接的な性描写をしていない。

　女主人公の後の夫となるエムリックは、ボルドーに留学している際、いとこのデオダに肛門性交を迫られてから、性的なトラウマを抱えることになる。また、カティが処女でなく、「ラズィエの食い

[29] コンデ、前掲書『風の巻く丘』二一一頁。
[30] コンデ、前掲書『風の巻く丘』三八頁、のちにラズィエをめぐって嫉妬したカティが、義妹イルミーヌに同様の発言をするのは興味深い（八六頁）。

残しを頂戴している」[31]と分かっていても、彼女とは円満な夫婦関係を築き、三年間の間にデオダとイジドールという金髪の男の子をもうける。しかし、ラズィエがグアドループに戻ってきてからカティが宿した子どもの父親が、エムリックなのかラズィエなのかは彼女以外誰も知りえない。その子どもは後にカティ二世と名付けられるが、肌の色は黒く、父親がラズィエであることを暗示しているようだ。ラズィエが性的魅力に富んだ、マッチョな男として描かれているのに対して、エムリックは寝室のなかでは「ふぬけ」で「同性愛者」のレッテルを貼られた男として描かれる。より卑近な表現を使えば、妻カティをラズィエに易々と寝とられてしまう印象を読者に与えている。

ブロンテがキャサリンとヒースクリフの関係を、プラトニック・ラブとして描き、不倫を想像させないような書き方をしている一方で、マリーズはカティとラズィエの間に肉体関係があり、カティ二世の肌の色をあえて暗くすることで、その父親がラズィエであると思わせるように描いている。カティとラズィエの間に肉体関係があることを暗示させることによって、ブロンテのプラトニック・ラブの「無垢」の背景にあるものを暴いたのだといえる。さらに、ラズィエの男らしさの強調には、黒人男性には滅法な性的能力があると信じられていたステレオタイプの意図的な焼き直しという意図があるとみてよいだろう。

その一方、マリーズはこの作品中において、女性どうしの同性愛を想像させるシーンも描いている。エムリックとの結婚に際して、ネリー・ラボテールをお払い箱にして、カティのためにあてがわれた女中のリュシンダは、毎日のカティの世話をすることで、エムリックがカティを性的に満足させていないことを見抜く。リュシンダは、カティについて、「わたしの女主人でしたが、愛人でもあり、わたしのこどもでもありました。あの人はわたしがなりたいと思う存在でした[32]」と告白する。沐浴を手伝うときにリュシンダはカティの身体を愛撫する。

晩寝る前には水浴みをさせてやり、香りをつけた水を、肩から胸に、そして黒人の血を標す茄子色の大きな乳首から腹の柔らかなしわにまでかけ流してやりました。彼女は腿を開き、わたしは、彼女の身体の一番密やかなところに手をすべらせました。[33]

大辻都は、カティとリュシンダの関係は、親しいものの、関係は対等ではなく、「ルサンダからカティへの一方的なサーヴィス」であり、「乳母と女主人との関係から濃密に性的な気配が生起しているのも否定できない」と指摘している。[34] エムリックとの性生活に満足できないカティを女中である

［31］コンデ、前掲書『風の巻く丘』六五頁。
［32］コンデ、前掲書『風の巻く丘』九三頁。
［33］コンデ、前掲書『風の巻く丘』九三頁。
［34］大辻、前掲書、三二九頁。

リュシンダが満足させようとしていたと解釈することもできる。このような女性の同性愛的な関係には、女であるゆえの苦しみを分かち合い、克服する可能性を見いだすことができる。大辻は次のように述べている。

黒い肌をくまなくたどる（たどられる）行為の場では、使用人と女主人の関係を越えた強烈な連帯感と官能の拮抗が維持されている。連帯感が官能を生み、官能が連帯感となる。入浴の場は、男女の性行為のような完結性を持たないゆえの、いっそう持続力のある官能的連帯が可能となっているとも見えてくる。[35]

つまり、作者マリーズは、女どうしの関係を、男女の間では与えられることのできない、肉体的・精神的充足をしあうものとして描いているのである。

ところで、『移り住む心』の語り部たちは、アフリカやインドに起源をもち、その祖先が「強姦」され、「強姦」の結果としてみずからが誕生したのだと告白する。裕福な家庭に生まれ、容姿にも恵まれたカティに足りないもの。それは「白さ」だった。混血の女主人公カティは、エムリックとの結婚により「乳白化」を果たすが、それとひきかえに自由を失う。カティの結婚については、次のように語られている。

クリスタルのシャンデリアの下で、カティは、自分の先祖の奴隷たちが何世代もかけて磨きあげてきた床の上で、エムリックとワルツを踊った。音楽がカティの耳もとでレクイエムのように泣いていた。ベル＝フイユの地所は、黒人でも、混血でも、白人でも、男に服従する身の上という点では結ばれた、女たちのため息と苦しみに満ちている。残酷な農園主に暴行された奴隷たち。ライバルに毒を盛られ、饗宴の席で、口に出せない苦しみのなかで息絶えていった愛人たち。金やわずかな土地のために、年寄りのところに売られた処女たち。兄弟に身体を求められた姉妹たち。息子に身体を求められた母たち。（中略）こんな嘆きやため息を、婚礼の祭の響きの中に聞き分けながら、カティは、自分から望んでこの長い犠牲者の列に加わったことを悟ったんだ。[36]

カティの面影を残した、カティの甥ジュスタン＝マリ［＝兄のジュスタンと兄嫁のマリー＝フランスの間の子ども］は、病弱ながらも、戸惑うインド系の少女エティエニーズ相手に「強姦」に及び、その結果、ジュスタン＝マリは痙攣を起しながら死亡する。この章は、特定の話者を立てない語り口で物語は進行し、その章のタイトルは「奔放な婚礼」と名付けられている。本章では既に「乳白化願望」に

［35］大辻、前掲書、三三一頁。
［36］コンデ、前掲書『風の巻く丘』六八頁。

ついて論じたが、ジュスタン＝マリによるエティエニーズの「強姦」は、「乳白化願望」では説明できない。マリーズは、こうした行為を描くことで、奴隷制以来カリブ海にみられながらも語られてこなかった、男性の欲望に根差す暴力性や、インターレイシャル・セックスにみられた「強姦」を告発しているように見える。

ハイブリッド化、あるいはクレオール化は、黒人男性作家たちがカリブ海地域を語るタームとして肯定的に使われて久しいが、その背後には女性たちの数え切れない受難や苦悩があることは想像に難くない。序章でも紹介した石塚道子は、クレオール言説の男性中心主義を指摘し、クレオール生成過程に女性の犠牲があったことを述べている。さきに引用した婚礼の場面で、女たちの「嘆きやため息」を読者の耳にも響かせたマリーズは、まさに「犠牲者」＝女性の側に立って、男たちの所業を厳しく見つめているのである。

カリブ海において、女性を犠牲とした「強姦」により、ハイブリッドが進んできたが、これとは逆に、有色の女性が「乳白化」のために白人男性に近づけば、同胞の男性から裏切り者のそしりをうけてきたのは既に述べた通りだ。しかし、有色の女性たちにも希望が残されているはずだ。その「希望」こそが「シスターフッド」なのではないか。

4．『移り住む心』における「シスターフッド」

『移り住む心』は、『嵐が丘』ではわき役にすぎなかったイザベラを、イルミーヌとして「書き直し」たとき、彼女にも重要なポジションを与えたのだった。すべての登場人物を数え上げなかったが、『嵐が丘』にくらべ、『移り住む心』には多くの男女の人物が描かれている。だが、男たちは、女性たちを肉欲の対象、あるいは経済的・社会的上昇のための道具としてしかみていない。恋愛結婚をしても、関係は破綻するし、『嵐が丘』からエロティックな側面は増したというのに、純粋なロマンスとして読むことが難しくなっている。むしろ、『移り住む心』は恋愛小説ではなく、年齢も階級も越えた女性どうしの交流を描いた「シスターフッド」の物語であるのだ。

女主人公の女性との交流について、既にカティの乳母ネリーと、嫁ぎ先であてがわれた女中リュシンダについては既にふれたので、ほかの女性たちとの関係にも注目してみよう。

(1) イルミーヌ／マボ・ジュリー

卑近な表現を使えば、『移り住む心』において、一番の「貧乏くじ」を引かされたのは、カティの義妹イルミーヌだ。ラズィエにかどわかされ、風巻く丘［＝カティの生家］で、カティの兄ジュスタンにも身体を提供することを強いられ、ラズィエの子を何人も孕ませられた。ラズィエは一度だってイルミーヌを愛しておらず、虐待し、金銭的に不自由でなくても、彼女と子どもたちに食うや食わずの生活しか許さない。耐えかねたイルミーヌは、かつての召使で老婆であるマボ・ジュリーのもとへ逃げる。マボ・ジュリーは七二歳で、奴隷解放を経験したものの、人生の五〇年を白人に仕えて過ごしたという。かつての恋人たちを、支配者たちに殺された彼女であったが、ド・ランスイユ家のエムリックとイルミーヌ兄妹には、特別な感情を抱いていたようだ。

……心の中にたった一つ残したやさしさの場所は、イルミーヌ——小さい頃はミネットと呼んでいた、あの子のためにとってある。なぜかって？　それは、あの子が考え、話しだした瞬間から、エムリックさまを別として、一族の他の人間とはちがうことがわかったから。お二人の心は本当の善意と同情に溢れている。でも、世の中とはうまくいかないもの。無邪気なために罠に落ちて苦しんでいるのは、この二人なのだから。[37]

マボ・ジュリーのこの語りは興味深い。かつて仕えていたイルミーヌが、マボ・ジュリーに保護を求めて頼ってきたことで、立場はある意味逆転したといえるのだが、イルミーヌに心からの同情をし、イルミーヌ兄妹を「罠に陥れた」のが、ラズィエだと非難しているように聞こえる。マボ・ジュリーの保護の下でイルミーヌは生活を再建しようとするも、結局ラズィエは、イルミーヌのもとへ乗り込んでくる。そして、また彼女を妊娠させるのだ。イルミーヌは、ラズィエとのことをマボ・ジュリーに決して話さないものの、マボ・ジュリーは、イルミーヌの妊娠に気づく。

> わたしはあの人がまたこどもを宿していることに気づいた。その表情から、虐待する者に譲ってしまった自分自身を憎んでいることがわたしにはわかった。けれど、男に対して甘かったことなどないという女がいるなら、最初にイルミーヌに石を投げればいい。わたしにはそんなことはできない。[38]

老婆なりにイルミーヌをラズィエから保護するマボ・ジュリー。カティの幻影を求めつつ、肉欲を満たし、「乳白化」のためにイルミーヌを活用するラズィエ。この二人は、イルミーヌをめぐって一種の敵対関係にあるといえる。しかし、「男に対して甘かったことなどないという女がいるなら、最初にイルミーヌに石を投げればいい。わたしにはそんなことはできない」というマボ・ジュリーの言葉は重い。従属を強いられる女性どうし、イルミーヌとマボ・ジュリーは「シスターフッド」と呼びうる友情で結ばれているが、イルミーヌを己の欲望のはけ口にしようとするラズィエという脅威も潜んでいる。

---

[37] コンデ、前掲書『風の巻く丘』一四二頁、傍点強調は筆者による。
[38] コンデ、前掲書『風の巻く丘』一四四–一四五頁、傍点強調は筆者による。

（2）カティ二世／ロメーヌ／アダ

父エムリックの死後、娘のカティ二世は、心機一転してマリー・ガラント島で小学校教師を始める。ラズィエらに財産を奪われたとはいえ、裕福なド・ランスイユ家で生まれ育ったカティ二世は、家事を自分でできず、召使としてロメーヌという黒人女性を雇う。父エムリックを死に追いやったラズィエをカティ二世は心から憎み、復讐してやりたいとロメーヌにうちあける。しかしロメーヌは、キリスト教の教義問答を持ち出しながら許すことを提案する。カティ二世は、ロメーヌの「死後」、ラズィエ二世がその正体と気づきながら、「プルミエ＝ネ」という男と交際し、のちに「アンチュリア」として名付けられる女児を生んで死に絶える。

なぜ「アンチュリア」という名が、カティ二世とプルミエ＝ネの子に授けられたか。施療院で出会ったカティ二世と魚売りのアダは女友達となり、アダは、「わたしはまるで彼女の母親のようになってしまったよ[39]」と語っている。そして、「カティ［二世］を死に追いやったのは、亭主の無関心、いく晩もの外泊、彼が追いかけまわしたたくさんの女たちのせいだ[40]」とプルミエ＝ネを評している。生前、女児が生まれたら「アンチュリア」と名付けようとアダと話していたことを知り、女児の父であるプルミエ＝ネは、そのように名付けたのであった。ラズィエ二世であるプルミエ＝ネがしたことは、経済的不自由を補うために、赤子のアンチュリアを連れて、実家のあるグアドループに戻っただけであった。プルミエ＝ネが家庭を顧みず、外泊を繰り返すなか、アダは、カティ二世の母親役を務めるばかりか、その子アンチュリアのケアも担う。カティ二世とロメーヌ、アダは、女主人公のケアを担う存在として、時には母親に代わる存在として「シスターフッド」の紐帯で結ばれる。カティ二世の夫であるプルミエ＝ネは登場するものの、副次的な存在として描かれている。

　この作品に登場する「ケア」をする女たちは、既に辛酸を嘗め尽くしていても、今苦しんでいる女たちを救おうとする。他方、『移り住む心』に登場する男たちは、女たちや子どもたちのために何かすべきことをしただろうか。虐げる男たちに、経済的にも、精神的にも、そして性的にも依存することのない女性として生きるために、女性どうしの友情「シスターフッド」が救済の可能性を含んでいることを『移り住む心』は描いている。

まとめ

マリーズの『移り住む心』は、カリブ海版『嵐が丘』であるが、舞台が変わったことで、カリブ海社会のひずみがより強調されることになった。この島では、一八四八年に奴隷制は廃止されている

［39］コンデ、前掲書『風の巻く丘』三九四頁。
［40］コンデ、前掲書『風の巻く丘』三九八頁。

が、『移り住む心』の登場人物たちは、「奴隷制が終わっても結局何も変わらない」という認識を共有している。いつまでたっても、一握りの白人ベケが牛耳る社会のままなのである。そうしたなかで、混血や黒人は、生物学的にも社会的にも白人に近づき、自らの「乳白化願望」を満たそうとする。一方、性的な欲求を満たすために「強姦」し――カティやジュスタン＝マリがそうであったように――、より肌の黒い、ないしは自身より立場の弱い男女を欲望の対象にしようとする。その結果として、混血がすすみ、住民の肌の色にはグラデーションが生じる。フランツ・ファノンによって批判された『わたしはマルチニック女』は、マルチニックの人びとの肌の色について次のように記していた。

クラスは男女二〇人ほどの子どもからなり、子どもたちはアフリカ風の黒人から白人まで色んな色調の肌で、その間に黄色から、赤や様々な茶色があった。[41]

『嵐が丘』も、『移り住む心』も、ヒースクリフやラズィエが最愛の女性であるキャサリンやカティと結婚できなかった腹いせの復讐劇であるわけだが、男たちの側では当のキャサリンやカティが結婚せざるを得なかった状況や都合については一切考慮されていない。極端な言い方をすれば、自分の想いが満たされなかった男の身勝手な暴走であるともいえる。マリーズは、この作品を通じて、カリブ海社会の歪みや男性本位の社会を暴いているといえよう。『移り住む心』において、そのような男性登場人物の暴走や暴力から女主人公を守るのは、いつも女性たちだった。この作品に登場する乳母や女中は、単に女主人公の身の回りの世話をするだけでなく、階級を越えた女性どうしの友情「シスターフッド」を育むのだった。

［41］Capécia, *op.cit.*, p. 61.

終章

「強姦」被害者のエイジェンシーと「シスターフッド」

1.「強姦」被害者のエイジェンシー

本書では、『わたしはティチューバ』*Moi, Tituba, sorcière...Noire de Salem*（一九八六年）、『混血女性ソリチュード』*La mulâtresse Solitude*（一九七二年）、『奇跡のテリュメに雨と風』*Pluie et vent sur Télumée Miracle*（一九七二年）、『移り住む心』*La migration des cœurs*（一九九五年）に描かれた（ポスト）奴隷制社会における、性暴力を中心とした構造的暴力である「強姦」と、それに対する「抵抗」がどのように描かれているのかについて論じてきた。その際に、過度な犠牲者論に陥ることを避け、抑圧された登場人物たちによる、「抵抗」のひとつひとつに目を凝らしてきた。
本書であつかった四つの小説は、カリブ海地域の奴隷制時代やポスト奴隷制時代を描いたものであるが、上野千鶴子の戦時下での性暴力被害者のエイジェンシーについての議論は、本書での分析にも応用することができる。上野は、「戦争と性暴力の比較史の視座」という論考において、以下のように記している。

性暴力は戦争にともなう物理的・構造的暴力の一部をなしており、強姦から売買春、恋愛まで、さらには妊娠、中絶、出産から結婚までの多様性を含んでいる。性暴力を強姦から売買春、恋愛、結婚までの連続線上に配置するのは、事実このあいだに連続性があって、境界を引くことが難しいからである。[1]

上野は、このような強姦に同意があったか否か、二者択一で記述することのできない、女性に対する性暴力の「グラデーション」を「性暴力連続体」と呼んでいる。[2] これまでみてきた四つの作品に描かれた「強姦」、とりわけ性暴力は、上野が指摘しているように、同意の有無の線引きが困難なものもある。例えば、『わたしはティチューバ』では、魔女として投獄されていた女主人公ティチューバを、家事・育児のために奴隷として購入したユダヤ人ベンジャミンが登場する。亡き妻が忘れられない彼のために、彼女と交霊をさせてやりながら、他方、ベンジャミンの情婦になってしまうティチューバのような存在。

一方、『混血女性ソリチュード』の女主人公ソリチュードの母や、『わたしはティチューバ』のティチューバの母のように、逃げられない奴隷船の上で、無理やり「強姦」された女性たちも登場する。このように、性暴力のなかでも、そのグラデーションはあるが、上野によれば、これまでは当該女性が「無垢」な存在であるか、「強姦」に「抵抗」したかどうかで、「被害者」かどうか見定められてきたという。[3] しかし、上野の論考の中で、最も重要な問題意識は、「被害女性にもエイジェンシーがある」ということだ。上野はこのように続ける。

被害者のエイジェンシーは性暴力被害のあいだに分断線を持ち込み、語りうる被害と語りえない被害とのあいだを区別してきた。構造と主体の隘路のなかで、エイジェンシーとは、一〇〇%の服従でもなく一〇〇%の抵抗でもない、被害者の生存戦略の発露だった。そのエイジェンシーを認める

［1］上野千鶴子「戦争と性暴力の比較史の視座」『戦争と性暴力の比較史へ向けて』上野千鶴子・蘭信三・平井和子編、岩波書店、二〇一八年、一頁。
［2］上野、前掲、一―二頁。
［3］上野、前掲、六―八頁。

ことは、エイジェンシーが行使される文脈である構造的暴力の存在をすこしも否定しないし、それを免責しない[4]。

上野の議論は、性暴力被害者が全くの無力で哀れな存在ではなく、生き延びるための知恵を具えた存在であることを示唆している。そして、このことは、本書の問題意識の一つ——奴隷制時代やポスト奴隷制時代を描いた小説群の女主人公たちを、「単なる哀れな犠牲者像という見方から救い出したい」という願い——とも深くかかわってくる。

本書では、性暴力だけでなく、女性が経験するありとあらゆる奴隷制の構造的暴力を広義の「強姦」として捉えてきたが、以下では上野の「エイジェンシー」概念を踏まえつつ、問題を整理しておきたい。

まずは、性暴力について述べたい。先ほど挙げた、奴隷船上での「強姦」を経験した『わたしはティチューバ』『混血女性ソリチュード』の女主人公たちの母親であるが、その結果生まれた娘を愛することができずに、娘に対し冷淡である。他方で、奴隷船の行き着いた先、バルバドスやグアドループでは、恋人ができる。『わたしはティチューバ』は、母の処刑、養父の自殺という一家離散を迎えるのに対し、『混血女性ソリチュード』の母バヤングメイは、娘を置き去りにして恋人と出奔する。彼女は、自らの意思に従って、忌まわしい記憶を思い起こさせる娘の「子捨て」をやってのけたのだといえる。

先に挙げた『わたしはティチューバ』におけるティチューバとベンジャミンの愛人関係の他に、『移り住む心』や『わたしはマルチニック女』でみたような、社会的上昇のために、自ら有色の女性が白人男性に近づく「乳白化」。これもまた、生存戦略のための「性暴力連続体」におけるエイジェンシーの発露とみなすことができるのではないか。同時に『移り住む心』において注目すべきは、性暴力の被害に遭いやすい女性だけでなく、社会的上昇の手段として男性の登場人物たちも「乳白化願望」を抱いている点である。

「性暴力連続体」のなかには、堕胎も含まれている。[5] 本書で取り上げた四つのテクストを通して、堕胎は、『わたしはティチューバ』にしか描かれていない。ティチューバが、奴隷の夫ジョンとの間にできた子の「奴隷としての」将来を悲観して、夫にも告げず、キリスト教会によって禁じられている堕胎を行い、自ら「始末」してしまうこと。あるいは、女主人公が獄中で知り合い、友情を育んだヘスターもまた夫の子を何人も堕胎している。これらを経験した女主人公たちは、「性暴力連続体」の被害者であると同時に、それでも「子殺し」をやってのけることで生き延びようとしてきた。性暴

［4］上野、前掲、二六頁。
［5］上野、前掲、一頁。

力を思い起こす忌々しい娘に冷淡であり、子捨てをして出奔。あるいは堕胎。彼女たちは、「性暴力連続体」に苦しんでいたはずだが、それでもその経験を克服すべく、上記のような「抵抗」を行うエイジェンシーを備えた人物でもあった。

本書で取り上げた小説群の特徴は、(ポスト) 奴隷制社会において性暴力 (連続体) の危険にさらされながら、それでも生き延びる女性たちの姿を描いているということである。このように抑圧された女性たちは、歴史の主人公たりえなかったが、これらの小説はフィクションに託して、女性たちの声なき声を拾い上げたのだった。

ジェームズ・アーノルドによれば、奴隷側の男性が性暴力の被害者になることもあったようだが[6]、本書で取り上げた小説群には、そのような描写はない。これらのテクストにおいて、女主人公の家族、あるいは恋愛の相手として登場する男たちは、共通して副次的な位置に置かれている。彼らの行った「抵抗」を整理してみよう。まず、植民者あるいは支配者と直接対峙するというやりかたである。『奇跡のテリュメ』では、女主人公テリュメのパートナーであるアンボワーズが、労働者代表として製糖工場との労使交渉を行ったほか、若き日には白人憲兵を襲ってもいる。状況は少し異なるが、『移り住む心』のラズィエは、最愛のカティと結婚できなかった腹いせに、カティの実家や婚家の財産を巻き上げる。また、『混血女性ソリチュード』や『わたしはティチューバ』には、逃亡奴隷として反乱を企てる男たちが登場する。しかし、いずれのテクストでも、反乱企図をする男たちに、女主人公が疎外されるという共通点がある。『わたしはティチューバ』の夫ジョンにいたっては、面従腹背をするだけだ。

これらの作品群で、女性の登場人物は、性暴力の危険にさらされるだけでなく、過酷な労働に従事させられたり、アイデンティティを喪失した人物として描かれ、自己疎外を強いられる。このような奴隷制の構造的暴力から彼女たちを救ったのが、「シスターフッド」と呼びうる女性どうしの関係性であった。それでは、女主人公たちは、どのような「抵抗」の実践を行ってきたのか、この点についても整理しておこう。

2．「シスターフッド」から自己肯定へ

本書で「シスターフッド」として扱った関係は、大きく三つに分類される。第一に、養育である。『奇跡のテリュメ』では、母の出奔以降、主人公テリュメは祖母と魔女のマン・シーアによって養育

［6］James Arnold, "The gendering of créolité: The erotics of colonialism," in *Penser la créolité*, Maryse Condé, Madeleine Cottenet-Hage (eds.), Paris, Éditions Karthala, 1995, pp.25-27, 34-35.

される。この「家庭生活」を通してテリュメは、家政術だけでなく教訓譚や、妖術も習い、それが女主人公の後半生の糧となったのである。祖母や魔女は、生物学上の母の欠如を埋める存在であっただけでなく、養育を通じて「世界」について教え、先人たちから受け継いだ知恵を伝えてくれる存在でもあった。このような、年長の者から年下の者へと知恵が伝授される関係性が、テリュメの晩年、「奴隷制の連鎖を断ち切るために」、共同体の若い人びととの関係において複製されることになる。少女時代からのさとうきび園の畑仕事や白人の屋敷での女中生活など、抑圧を強いられていたテリュメは徐々に黒人としての自己意識を覚醒する。そして、「シスターフッド」の関係に支えられた彼女は、晩年を迎えても「再びグアドループで生まれ死にたい」という自己肯定にいたるのであった。同様に、『わたしはティチューバ』の女主人公ティチューバは、一家離散後、孤児となっていた身を、やはり魔女のマン・ヤーヤによって養育された。『奇跡のテリュメ』とは異なり、ティチューバとマン・ヤーヤの間に血縁関係はないものの、主人公は、やはり妖術を学び、それを活用している。

第二の「シスターフッド」の関係は、本来的な意味に一番近い、友情である。『奇跡のテリュメ』では、さとうきび畑での労働にまごつく女主人公テリュメを気にかけ、食べ物を分けてやり、余暇にはテリュメを家に招待する古参の女性労働者オランプが登場する。『混血女性ソリチュード』では、逃亡奴隷のように暮らしながら、フランス軍に対し反乱を計画していた身重のソリチュードのケアをするトゥピとメデリスという女性の仲間もいる。さとうきび畑での重労働に従事したり、あるいは身重でありながら反乱蜂起を企てていた女主人公たちにとって、過酷な労働や圧政に苦しみ、肉体的な苦痛を知る女性どうし、痛みを共有する精神的支柱になりえたはずだ。さらに、『わたしはティチューバ』において、白人主人による夫婦間「強姦」（マリッジ・レイプ）に悩む女主人とその奴隷である母アベナや、主人公ティチューバとの間に、友情といってもよい関係もみられた。

第三の「シスターフッド」の関係は、「同性愛的」関係である。『わたしはティチューバ』では、ティチューバと獄中で知り合うヘスター・プリンとの間に、女性どうしの友情が存在するほか、読者に肉体的接触も推測させる。また、『移り住む心』の女主人公カティとその女中リュシンダの間には、肉体関係があったとみてよい。

幼少期において養育されることは、女児であった女主人公の生存が保証されるだけでなく、その過程で学んだ教訓譚や妖術を含む知識は、その後の人生を生き延びるための糧になる。その「家族関係」で学んだ人間関係のありかたは、成人した主人公の人間関係構築の原型になるのではないか。それが、女性どうしの友人関係にも生かされるだろう。そして、「同性愛的」関係は、その肉体的接触が重要なのではなく、女性どうしの精神的つながりが最も顕著な形で表れたものとして捉えたい。柚木は、「シスターフッドの特徴とは、誰かを助けることで自分自身をも救うことにあるように思う」[7]

［7］柚木麻子「シスターフッドが信じられない人へ」『日本のフェミニズム―― since 1886 性の戦い編』河出書房新社、二〇一七年、一一七頁。

という。本書で取り上げた、四つの小説群にみられる養育、友情、同性愛という「シスターフッド」の関係は、他の女性のケアを通して相互承認をし合い、疎外された自己を取り戻すプロセスへとつながる。それが、柚木のいうように「自分自身も救うこと」でもあっただろう。

奴隷制社会、そしてそれに続くポスト奴隷制社会のなかで、性暴力（連続体）の圧迫に苦しめられている女性たちにとって、本書が取り上げた作品群が示そうとした重要なアジールが「シスターフッド」であったということを強調しておきたい。

3.「強姦」に対する「抵抗」と「シスターフッド」

これまで「強姦」や「抵抗」、「シスターフッド」について簡単にまとめてきたが、最後に、本書で取り扱った小説群の作者三人のこれらの描き方の違いと共通点について記したい。

マリーズの『わたしはティチューバ』は、奴隷制時代のバルバドスやニューイングランドを舞台としており、そこでは、性暴力、奴隷化、処刑、キリスト教への改宗強要などの「強姦」に加え、女主人公が魔女裁判にかけられる場面まで描かれている。これらの「強姦」の手口は多様であるが、女主人公たちによる「抵抗」も多様である。面従腹背や反発といったものから、逃亡、反乱といった直接的な行動、また堕胎というかたちで「未来の奴隷」を摘むのも、女奴隷による「抵抗」のひとつである。

『わたしはティチューバ』に描かれた「シスターフッド」において特筆すべきは、白人主人による夫婦間「強姦」（マリッジ・レイプ）に悩む白人女性と、主人公ティチューバとの、異人種間の友情を描いていることだ。その中のひとり、ヘスター・プリンとの間に、同性愛的関係も想像できることは既に触れた。

次に、アンドレの『混血女性ソリチュード』における主要な「強姦」は、主人公の母に対して行われた奴隷船上での性暴力と、奴隷制復活を目論むフランス軍の武力攻撃だ。主人公の母に対する白人水夫による「強姦」は、主人公の身体的特徴を決定づけ、それが主人公の疎外を招いた。この主人公の社会的疎外の克服こそが、この作品における最も重要なテーマといっても過言ではない。また、奴隷制復活を阻止するために、フランス軍と戦う有色の元奴隷たちのキャンプにおいても、実在した男性の反乱首謀者ルイ・デルグレスらも登場し、女たちも後方支援に携わっていた。だが、混血女性ソリチュードは、『わたしはティチューバ』の女主人公と同じく、女性であることや混血の身体的特徴ゆえに疎外される。フランス軍への「抵抗」においても、はじめのうちは主人公は疎外されているのだ。

しかし、主人公は自らの知を共同体の女たちに教え、彼女らとの「シスターフッド」的関係性の構築とともに社会的疎外を克服していく。そして、『混血女性ソリチュード』には、身重でありながら反乱軍を率いていた女主人公を仲間の女性がケアすることが描かれている。あるいは、薬草の知識に通じた主人公が、キャンプの女たちを癒すお礼とばかりに、アフリカのダンスを教える女性の仲間もいる。そのような女性どうしの友人関係を「シスターフッド」として読み解くことができる。

シモーヌの『奇跡のテリュメ』においても焦点化されている「強姦」は、広義の「強姦」、すなわち奴隷制度と、ポスト奴隷制社会においてもなお黒人労働者を搾取する経済システムである。女主人公のパートナーであるアンボワーズは、製糖工場に賃上げを迫る労使交渉の代表者――しかも労使交渉の最中、非業の死を遂げた彼は、「英雄」的存在だ――という「抵抗者」である。一方、「政治的な抵抗が描かれていない」とされた女主人公テリュメは、晩年になって、奴隷制時代の祖先の幻を見、奴隷制の連鎖を断ち切るべく、共同体の若い人びとと知識を共有することを試みる。晩年のテリュメの態度もまた、「強姦」に対する「抵抗」として描かれている。

また、『奇跡のテリュメ』における「シスターフッド」の特徴は、年長の者から年下の者に対する養育・教えといってよく、主人公テリュメと祖母、魔女マン・シーアの関係性は、テリュメと後の世代の女性たちとの関係性において複製される。

マリーズの『移り住む心』における「強姦」表象だが、奴隷制が廃止されているにもかかわらず、ベケと呼ばれる少数の白人が、カリブ海世界の経済を牛耳っていることには触れられている。しかし、混血で中産階級のカティからすれば、これまでの登場人物とは異なり、裕福な白人男性は、社会的上昇のためにこれ以上ない好都合な結婚相手としてうつるのである。「抵抗」の範囲を拡大してみえてくるのが、「乳白化願望」を体現するカティによる「抵抗」である。社会的上昇や経済的成功だけでない。彼女は、子孫の血（肌の色）を白くするだけでなく、同時に蔑まれてきた有色の血を白人の血に残すではないか。これはもはや「抵抗」ではなく、白人種に対する一種の「復讐」であるとさえいえる。他方、最愛のカティと結婚できなかった、もう一人の主人公というべきラズィエが、白人の財産を奪う行為については「社会主義運動」という名のもとに行われる。

そして、『移り住む心』における「シスターフッド」とは、前述した女主人公とリュシンダの同性愛的関係の他にも、身の回りの世話をしてくれ、面白いお話を聞かせてくれる女中に対する愛着も含まれるだろう。

本書で取り扱った四つの作品は、二〇世紀フランス語圏カリブ海小説で、有色女性を主人公とするものばかりである。奴隷制社会、あるいはポスト奴隷制社会において、抑圧を強いられていただろう彼女たちが、それでも生き延びるために、「抵抗」を実践している。女主人公は、様々な「抵抗」を担ってきたが、同時に、それが抑圧ないしは疎外された自己を回復する試みでもあったという点については、いずれの作品にも共通している。

「シスターフッド」を、「女性どうしの関係性構築にもとづく疎外の克服」として捉え、議論を行ってきた。「シスターフッド」の担い手である彼女たちは、蹂躙し続けられるか弱い存在でなく、主体的な存在として、「強姦」に「抵抗」してきた存在なのである。女奴隷やその子孫である女主人公たちは、「強姦」されても、その結果、「雑種」の子どもが生まれても、生き延びなければならなかった。そのような状況下で、どんな形であれ「抵抗」し、自己疎外から回復を試みたのだといえる。そのような女たちを下支えしたのが「シスターフッド」で結ばれた女性たちだったのだ。

Aïta, Mariella, *Simone Schwarz-Bart dans la poétiques du réel merveilleux : Essai sur l'imaginaire antillais,* Paris, L'Harmattan, 2008.

Arnold, James, "The gendering of créolité: The erotics of colonialism," in *Penser la Créolité,* Maryse Condé and Madeleine Cottenet-Hage (eds.), Paris, Éditions Karthala, 1995, pp. 21-40.

Balutansky, Kathleen M. "Creating her own image: female genesis in *Mémoire d'une amnésique* and *Moi, Tituba sorcière…*," in *L'Héritage de Caliban*, Maryse Condé (ed.), Pointe-à-Pitre, Éditions Jasor, 1992, pp. 29-47.

Bergner, Gwen, "Who is that Masked Woman? or, the Role of Gender in Fanon's *Black Skin, White Masks*," in *Proceedings of Modern Language Association*, Vol. 110, No. 1, 1995, pp. 75-88.

Brodzki, Bella, "Nomadism and the Textualization of Memory in André Schwarz-Bart's *La Mulâtresse Solitude*," in *Yale French Studies*, No. 83, Vol. 2, 1993, pp. 213-230.

Capécia, Mayotte, *Je suis martiniquaise* in *Relire Mayotte Capécia : Une femme des Antilles dans l'espace colonial français (1916-1955)*, Paris, Armand Colin, 2012, pp. 59-169.

Condé, Maryse, *Stéréotype du noir dans la littérature antillaise Guadeloupe-Martiniques*, thèse pour obtenir le grade de Docteur de l'Universite Paris III, 1976.

—— *Moi, Tituba Sorcière... Noire de Salem*, Paris, Mercure de France, 1986 ＝『わたしはティチューバ——セイラムの黒人魔女』風呂本惇子・西井のぶ子訳、新水社、一九九八年。

—— *La migration des cœurs*, Paris, Éditions Robert Laffont, 1995 = 『風の巻く丘』風呂本惇子・元木淳子・西井のぶ子訳、新水社、二〇〇八年。

Cottias, Myriam and Madeleine Dobie, "Intoroduction," in *Relire Mayotte Capécia: Une femme des Antilles dans l'espace colonial français (1916-1955)*, Paris, Armand Colin, 2012, pp. 11-57.

Daltroff, Jean, "André Schwarz-Bart et la ville de Metz : mai 1928- avril 1940, " *Présence Francophone*, No. 79, 2012, pp. 11-14.

Dubois, Laurent, "Solitude's Statue: Confronting the Past in the French Caribbean," in *Outre-mers*, Tome 93, No. 350-351, 1er semestre 2006, pp. 27-38.

Fralin, Alfred and Christiane Szeps, "Introduction," in *Pluie et vent sur Télumée Miracle*, London, Bristol Classical Press, 1998, pp. vii-xxiii.

Garane, Jeanne, "A Politics of Location in Simone Schwarz-Bart's *Bridge of Beyond*," in *College Literature*, Vol. 22, Issue 1,1995, pp. 21-36.

Gautier, Arlette, *Les sœurs de Solitude: La condition féminine dans l'esclavage aux Antilles du XVIIe au XIXe siècle*, Paris, Éditions Caribéennes, 1985.

Gyssels, Kathleen, *Filles de Solitude : Essai sur l'identité antillaise dans les (auto-)biographies fictives de Simone et André Schwarz-Bart*, Paris, L'Harmattan, 1996.

Holloran, Vivian Nun, "Family Ties: Africa as Mother/ Fatherland in Neo Slave Narratives," in *Ufahamu: A Journal of Arican Studies*, 28 (1), 2000, pp. 1-13.

Jones, Bridget, "Introduction," in *The Bridge of Beyond*, Simone Schwarz-Bart, Barbara Bray (trans.), London, Heineman, 1982, pp. IV-XVIII.

Klungel, Janine, "Rape and Remembrance in Guadeloupe," in *Remembering Violence: Anthropological Perspectives on Intergenerational Transmission,* Nicolas Argenti and Katharina Schramm (eds.), New York, Berghahn Books, 2010, pp. 43-61.

Makward, Christiane P. *Mayotte Capécia ou l'Aliénation selon Fanon*, Paris, Éditions Karthala, 1999.

McCormick, Robert H. Jr., "From Africa to Barbados via Salem: Maryse Condé's Cultural Confrontations," in *Caribana*, No.5, 1996, pp. 151-157.

Moitt, Bernard, *Women and Slavery in the French Antilles, 1635-1848*, Bloomington, Indiana University Press; 2001.

Pfaff, Françoise, *Conversations with Maryse Condé*, Lincoln, University of Nebraska Press, 1996.

Scharfman, Ronnie, "Mirroring and Mothering in Simone Schwarz-Bart's *Pluie et vent sur Télumée Miracle* and Jean Rhys' *Wide Sargasso Sea*," in *Yale French Studies*, No.62, 1981, pp. 88-106.

Schwarz-Bart, André, *La mulâtrsse Solitude*, Paris, Éditions du Seuil, 1972 = *A Woman Named Solitude*, Ralph Manheim (trans.), New York, Syracuse University Press, 2001.

Schwarz-Bart, Simone, *Pluie et vent sur Télumée Miracle*, London, Bristol Classical Press, 1998 = *The Bridge of Beyond*, Barbara Bray (trans.), London, Heineman, 1982.

Schwarz-Bart, Simone and André Schwarz-Bart, *In Praise of Black Women 2: Heroines of Slavery Era*, Rose-Myriam Réjouis and Val Vinokurov (trans.), Madison, The University of Wisconsin Press, 2002, pp. 124-137.

アンチオープ，ガブリエル『ニグロ、ダンス、抵抗――17～19世紀カリブ海地域奴隷制史』石塚道子訳、人文書院、二〇〇一年。

石塚道子「クレオールの才覚あるいは変化自在空間の思想」『現代思想　特集クレオール』青土社、一九九七年一月号、一九〇―一九九頁。

――「クレオールとジェンダー」『〈複数文化〉のために――ポストコロニアリズムとクレオール性の現在』複数文化研究会編、人文書院、一九九八年、一七八―一九〇頁。

今福龍太『クレオール主義』ちくま学芸文庫、二〇〇三年。

ウェッバー，トーマス・L.『奴隷文化の誕生――もうひとつのアメリカ社会史』西川進監訳、新評論、一九八八年。

上野千鶴子『新装版 女という快楽』勁草書房、二〇〇六年。

――「戦争と性暴力の比較史の視座」『戦争と性暴力の比較史へ向けて』上野千鶴子・蘭信三・平井和子編、岩波書店、二〇一八年、一–三二頁。

上野千鶴子・蘭信三・平井和子編、『戦争と性暴力の比較史へ向けて』岩波書店、二〇一八年。

大辻都「クレオールのアレゴリー、自己翻訳、名づけの拒否――シモーヌ・シュワルツ＝バルト『奇跡のテリュメに雨と風』」『日本フランス語フランス文学会関東支部論集』第二三号、二〇〇四年、二二一–二三六頁。

――「奴隷制、魔女裁判とカリブの女性――マリーズ・コンデ『わたしは魔女ティチューバ』を補助線として」『性的支配と歴史――植民地主義から民族浄化まで』宮地尚子編、大月書店、二〇〇八年、二二三–二三六頁。

――『渡りの文学――カリブ海のフランス語作家、マリーズ・コンデを読む』法政大学出版局、二〇一三年。

小倉虫太郎「台湾、クレオールの身体」『現代思想 特集クレオール』青土社、一九九七年一月号、一五八–一六九頁。

加茂雄三『地中海からカリブ海へ――これからの世界史6』平凡社、一九九六年。

カルペンティエル，アレホ『この世の王国』木村榮一・平田渡訳、水声社、一九九二年。

菊池恵介「植民地支配の歴史の再審――フランスの『過去の克服』の現在」『歴史と責任――「慰安婦」問題と一九九〇年代』金富子・中野敏男編、青弓社、二〇〇八年、二一六–二三四頁。

北原みのり責任編集、『日本のフェミニズム―― since 1886 性の戦い編』河出書房新社、二〇一七年。

グリッサン，エドゥアール他「高度必需品宣言」中村隆之訳、『思想』岩波書店、二〇一〇年九月号、八–一六頁。

コフマン，フランシーヌ「アンドレ・シュヴァルツ＝バルト――どこにも居場所を持たないユダヤ人」田所光男訳、『敍説』第三巻第一号、花書院、二〇〇七–八年、（ウェブ版）一–一〇頁。

コンデ，マリーズ『越境するクレオール――マリーズ・コンデ講演集』三浦信孝編訳、岩波書店、二〇〇一年。

――『心は泣いたり笑ったり――マリーズ・コンデの少女時代』くぼたのぞみ訳、青土社、二〇〇二年。

齊藤みどり「捏造されたマイヨット・カペシア――ファノンそしてフェミニストたち」『〈終わり〉への遡行――ポストコロニアリズムの歴史と使命』秦邦生他編、英宝社、二〇一二年、一七三-一九四頁。

サルトル，J-P.「黒いオルフェ」『植民地の問題』鈴木道彦・海老坂武訳、人文書院、二〇〇〇年、一四〇-一九五頁。

下山晃「奴隷の日常と奴隷主支配体制」『近代世界と奴隷制――大西洋システムの中で』池本幸三・布留川正博・下山晃、人文書院、一九九五年、二二五-二六八頁。

シャモワゾー，パトリック、ラファエル・コンフィアン『クレオールとは何か』西谷修訳、平凡社、一九九五年。

砂野幸稔「エメ・セゼール小論」『帰郷ノート／植民地主義論』エメ・セゼール、砂野幸稔訳、平凡社ライブラリー、二〇〇四年、二一九-三二一頁。

――「『高度必需』と『民族（ナシオン）』」『思想』岩波書店、二〇一〇年九月号、三-七頁。

スピヴァク，G．C．『サバルタンは語ることができるか』上村忠男訳、みすずライブラリー、一九九八年。

セゼール，エメ『帰郷ノート／植民地主義論』砂野幸稔訳、平凡社ライブラリー、二〇〇四年。

――「もうひとつのテンペスト――シェイクスピア『テンペスト』に基づく黒人演劇のための翻案」『テンペスト』砂野幸稔訳、インスクリプト、二〇〇七年、五-八八頁。

立花英裕「エドゥアール・グリッサンにおける不透明性の概念」『現代思想　特集クレオール』青土社、一九九七年一月号、一一四-一一九頁。

恒川邦夫「《ネグリチュード》と《クレオール性》をめぐる私的覚え書き」『現代思想　特集クレオール』青土社、一九九七年一月号、一二〇-一三三頁。

中村隆之『フランス語圏カリブ海文学小史――ネグリチュードからクレオール性まで』風響社、二〇一一年。

西成彦「アンティール文学と女性作家たち」『越境するクレオール――マリーズ・コンデ講演集』マリーズ・コンデ、三浦信孝編訳、岩波書店、二〇〇一年、七一-八〇頁。

――「東北――あとくされの土地として」『思想読本4：ポストコロニアリズム』姜尚中編、作品社、二〇〇一年、一二七―一二九頁。

――『耳の悦楽――ラフカディオ・ハーンと女たち』紀伊國屋書店、二〇〇四年。

西谷修「この本を読むために――訳者まえがき」『クレオールとは何か』パトリック・シャモワゾー、ラファエル・コンフィアン、西谷修訳、平凡社、一九九五年、六―一五頁。

林正寛「言語接触と多言語等『台湾』」『現代思想 特集クレオール』青土社、一九九七年一月号、一四六―一五七頁。

バルガス・ジョサ，M.「アラカタカからマコンドへ」『疎外と叛乱――ガルシア・マルケスとバルガス・ジョサの対談』寺尾隆吉訳、水声社、二〇一四年、八五―一〇六頁。

平野千果子『フランス植民地主義の歴史――奴隷制廃止から植民地帝国の崩壊まで』人文書院、二〇〇二年。

ファノン，フランツ『黒い皮膚・白い仮面』海老坂武・加藤晴久訳、みすず書房、一九九八年。

複数文化研究会編『〈複数文化〉のために――ポストコロニアリズムとクレオール性の現在』人文書院、一九九八年。

藤井省三「台湾文化のクレオール性――オランダ統治から『村上春樹現象』まで」『講座台湾文学』山口守編、国書刊行会、二〇〇三年、一〇―三九頁。

フックス，ベル『ブラック・フェミニストの主張――周縁から中心へ』清水久美訳、勁草書房、一九九七年。

ブラウンミラー，S.『レイプ・踏みにじられた意思』幾島幸子訳、勁草書房、二〇〇〇年。

風呂本惇子「もうひとつの世界を知る女たち――シモーヌ・シュワルツ＝バルトの描くグアドループ」『黒人研究の世界』黒人研究の会編、青磁書房、二〇〇四年、三四三―三五二頁。

ブロンテ，エミリー『嵐が丘（上）（下）』河島弘美訳、岩波文庫、二〇〇四年。

ベルナベ，ジャン、パトリック・シャモワゾー、ラファエル・コンフィアン『クレオール礼賛』恒川邦夫訳、平凡社、一九九七年。

ホーソーン，ナサニエル『完訳 緋文字』八木敏雄訳、岩波文庫、一九九二年。

マザマ，アマ「『クレオール性を讃える』批判――アフリカ中心主義の観点から」星埜守之訳、『現代思想　特集クレオール』青土社、一九九七年一月号、一三三-一四五頁。

松田素二『抵抗する都市――ナイロビ　移民の世界から』岩波書店、一九九九年。

三浦信孝「『越境するクレオール』への招待――マリーズ・コンデと出会うために」『越境するクレオール――マリーズ・コンデ講演集』マリーズ・コンデ、三浦信孝編訳、岩波書店、二〇〇一年、三-二二頁。

ミシュレ，ジュール『魔女（上）（下）』篠田浩一郎訳、岩波文庫、一九八三年。

宮地尚子「性暴力と性的支配」『性的支配と歴史――植民地主義から民族浄化まで』宮地尚子編、大月書店、二〇〇八年、一七-六三頁。

モーハンティー，C．T．『境界なきフェミニズム』堀田碧監訳、法政大学出版局、二〇一二年。

元木淳子「カリブの『嵐が丘』――マリーズ・コンデの『移り住む心』を読む」『法政大学小金井論集』第四巻、二〇〇七年三月、八五-一〇五頁。

ユゴー，ヴィクトル「ビュグ＝ジャルガル」『ヴィクトル・ユゴー文学館第七巻　アイスランドのハン／ビュグ＝ジャルガル』辻昶・野内良三訳、潮出版社、二〇〇〇年、二五五-三九七頁。

柚木麻子「シスターフッドが信じられない人へ」『日本のフェミニズム―― since 1886 性の戦い編』北原みのり責任編集、河出書房新社、二〇一七年、一一四-一一九頁。

レスター，ジュリアス『奴隷とは』木島始・黄寅秀訳、岩波新書、一九七〇年。

『現代思想　特集クレオール』青土社、一九九七年一月号。

https://la1ere.francetvinfo.fr/guadeloupeenne-maryse-conde-recu-prix-nobel-alternatif-litterature-660117.html
「グアドループ人女性、マリーズ・コンデがノーベル文学『代替』賞受賞」二〇一九年二月九日閲覧。

https://la1ere.francetvinfo.fr/2013/09/02/une-nouvelle-femme-au-pantheon-63945.html
「混血女性ソリチュードがパンテオンに？」二〇一九年七月二八日閲覧。

あとがき

この本は、立命館大学大学院先端総合学術研究科に二〇一八年に提出した博士論文を加筆修正したものです。

地理学専攻だった私が、大学院の門をたたいたのは、エメ・セゼールの『植民地主義論』に出会ったからでした。植民地などもはや放棄されたはずなのに、未だに抑圧された人びとがいることについて、セゼールの著作を通して学びたいと考えたのです。修士論文に相当する博士予備論文では、セゼールの『もうひとつのテンペスト』について研究しましたが、以降私の関心は、より親近感の感じられるカリブの女性（作家）たちに向かうことになりました。

本書で取り上げた作品の女主人公たちは、皆どこかで生きづらさを抱えつつも、何とかそれを克服しようとしています。性暴力の危険にさらされていたり、男性に比して割を食っていたり、疎外されているような存在であっても、何とか生き延びようと「抵抗」しています。博士論文を執筆し、書籍化を行う過程を通して、彼女たちは、私のあり得た姿であり、私の半身であるのだと思うようになりました。

　博士論文執筆においては、主査である西成彦先生をはじめ、大辻都先生、小川さやか先生、吉田寛先生からご指導いただきました。西成彦先生には、私の研究に伴走するようにご指導していただきました。マリーズ・コンデ研究の第一人者であり、私がはるか後方から追いかけるように研究をさせていただいている大辻都先生にも副査を引き受けていただき、博士論文の審査は私の生涯の糧になったと思います。西先生や大辻先生が参加されている環カリブ文化研究会では、大変多くの知見を得られました。

　また、「言語圏の文学」研究会では、大東和重先生や松本健二先生をはじめとする先生方から多くのコメントをいただき、お励ましいただきました。何度も博士論文提出を挫折しそうになりましたが、先生方のお力添えのおかげで博士論文を提出することができました。

　故西川長夫先生、ウェルズ恵子先生にも、論文がまとまる前の私の拙い構想や発表に的確なご助言をいただきました。

　私自身をめぐる「シスターフッド」と申しましょうか、これまで支えてくれた女友だちにも感謝したいと思います。高校、学部、大学院で出会った女友だち。ここで一人ずつお名前を挙げることは叶いませんが、とりわけ橋本真佐子さんのご協力なくして博士論文提出はできませんでした。

出版に際して、松籟社の木村浩之さんに大変お世話になりました。木村さんのコメントの入った原稿を初めて受け取った日は、踊りだしたいくらい嬉しくて眠れなかったのを鮮明に覚えています。

本書の出版にあたっては、立命館大学大学院博士論文出版助成制度の交付を受けました。記して感謝します。

そして、私を信じ支えてくれた父・安敏と母・良子に感謝したいと思います。

二〇一九年八月

著者

【や行】

【ら行】

【わ行】

【は行】

【ま行】

【た行】

【な行】

【さ行】

◉ 索　引 ◉

・本文および注で言及した人名、作品名、媒体名、歴史的事項等を配列した。
・作品名には括弧書きで作者名・編者名を添えた。

【著者紹介】

大野　藍梨（おおの・あいり）
1982 年生。立命館大学文学部地理学科卒業、立命館大学大学院先端総合学術研究科一貫制博士課程修了（博士・学術）。
現在、立命館大学衣笠総合研究機構国際言語文化研究所客員協力研究員。
専門はフランス語圏カリブ海文学、比較文学。

「抵抗」する女たち
――フランス語圏カリブ海文学における「シスターフッド」

2019 年 9 月 20 日　初版第 1 刷発行　　定価はカバーに表示しています

著　者　　大野　藍梨

発行者　　相坂　一

発行所　松籟社（しょうらいしゃ）
〒 612-0801　京都市伏見区深草正覚町 1-34
電話　075-531-2878　振替　01040-3-13030
url　http://shoraisha.com/

印刷・製本　モリモト印刷株式会社
装幀　鈴木優子

Printed in Japan

ISBN978-4-87984-382-1　C0098